TIGER SKIN RUG

神奇的
虎皮地毯

[英]琼·海格 著
董玉婕 译

中信出版集团 | 北京

图书在版编目（CIP）数据

神奇的虎皮地毯 /（英）琼 · 海格著；董玉婕译
. -- 北京：中信出版社，2023.3（2024.1重印）
书名原文：Tiger Skin Rug
ISBN 978-7-5217-5246-5

Ⅰ. ①神… Ⅱ. ①琼… ②董… Ⅲ. ①儿童小说－长篇小说－英国－现代 Ⅳ. ① I561.84

中国国家版本馆 CIP 数据核字（2023）第 023120 号

神奇的虎皮地毯

著　　者：[英] 琼 · 海格
译　　者：董玉婕
出版发行：中信出版集团股份有限公司
（北京市朝阳区东三环北路 27 号嘉铭中心　邮编　100020）
承 印 者：北京盛通印刷股份有限公司

开　　本：880mm × 1230mm　1/32　　印　　张：6.25　　字　　数：110 千字
版　　次：2023 年 3 月第 1 版　　印　　次：2024 年 1 月第 4 次印刷
京权图字：01-2023-0256
书　　号：ISBN 978-7-5217-5246-5
定　　价：35.00 元

献给安德鲁、阿德里安和“表兄弟”。

纪念莉莉安阿姨，

她未与人说的故事启发了这本书的创作。

本书所受到的赞誉

《神奇的虎皮地毯》一书是如此扣人心弦，富有魔力，蕴含希望与友谊。本书一定会（像老虎腾空而起一样）扶摇直上！

——迈尔文·伯格斯，卡内基文学奖得主

当平凡的生活偶遇神秘的魔法，一个生动而温暖的故事就此展开。从苏格兰小镇到印度山区，从伦敦的穷街陋巷到孟买的宫殿和排水沟，琼·海格将传说、怪谈、家族故事与谅解的主题娓娓道来。故事新奇有趣，我保证你会百看不厌。

——琼·列侬，英国邓迪大学皇家文学基金会研究员本书文笔优美，闪烁着魔力。阅读时有很强烈的代入感，仿佛我也在印度的后街和宫殿里进行惊险刺激的冒险。

——林赛·利特尔森，凯尔派奖得主

这是一个关于魔法和冒险的美丽故事，故事中的人物关系紧密，他们不同的文化背景巧妙地水乳交融于富有想象力的奇幻情节中。

——维多利亚·威廉姆森，布兰福德·博斯奖入围作家

这是一个引人入胜、惊心动魄又温暖人心的故事，我忍不住一口气把它读完了。

——珍妮·斯潘格勒，《消失的诡计》作者

目录

1

到达新家

我的板球教练说，我在同龄人里个子算是高的。但当我第一次站在我们家的新房子前时，我觉得自己像一根小木桩一样矮小。如果我当时知道房子里有什么，我会觉得自己更加矮小。事实也是如此，一根小木桩已经怪可怜的了。

我们从印度远道而来，在飞机上度过了难熬的16个小时，终于抵达了苏格兰。我叫拉尔·帕特尔，与我同行的还有弟弟迪利普、妈妈，以及外祖母纳尼吉。

爸爸开车去机场接的我们。他看起来比平常更加苍白，但他还是那个身材魁梧的爸爸，像个橡皮球一样结实。在我们到来之前，他已经事先把一切安排妥当了，比如买了一辆红色大轿车，找了一处住所。

“我找到一个完美的住所，”他一边扣上安全带，一边向我们宣布这个消息，“高端一流的住所。”

我敢肯定他说的是一间市区的豪华公寓，是妈妈成天在房地产网站上浏览且心仪的住所。然而，当我们从机场出发一路驶来，周围道路越来越窄、环境越来越安静时，爸爸突然向我们公布了一个惊人的消息：他找的房子既不是公寓，也不在市区。“别担心，”爸爸说，“你们会爱上这栋房子的，它是一个漂亮小镇上的一座平房。”

大家都沉默了。既不是公寓，也不在市区？纳尼吉翻了个白眼。我们都知道，在纳尼吉的眼里爸爸就是个大傻瓜。纳尼吉总是抱怨说，爸爸和妈妈并不般配，妈妈在各方面都比爸爸好。我为此感到难为情。在周五晚上选择看什么电影的时候，纳尼吉都不相信爸爸可以做出正确的选择；现在在选择住处这件大事上，爸爸肯定做了错误的决定。

“而且，你们猜怎么着？”爸爸继续自说自话，“这栋房子有整整一英亩①的花园呢，房子里的家具很齐全。”

“一英亩？”妈妈尖叫出声。关于园艺，她只了解怎么在家里用棉绒种植一些水芹。“家具齐全？”

“没错！”爸爸激动地一拳砸向方向盘，“这栋房子原本属于一位单身的老妇人，她去世时没有亲人继承财产，所以房子里的所有东西都一起打包出售了。这可真划算！”

---

① 面积单位，1 英亩≈4047 平方米≈6 亩。

纳尼吉还在嘟囔。爸爸没有气馁，朝我和迪利普咧嘴一笑。

“孩子们，这房子里有一些高级的东西，非常非常高级哟。它简直像一座博物馆。”

我勉强露出了笑容。也许在某个星球上，博物馆是适合生活的住处。我把额头抵在冰冷的车窗上，看着雨滴在玻璃上形成一个个三角形。窗外，成百上千棵杉树逐渐从视野里消失，取而代之的是光秃秃的紫色小山。前面出现了一个教堂尖塔。很快我们就行驶在了小镇的主街上。爸爸带着我们驶离了小镇的老式商店和观光茶室，将车开进了一条绿树成荫的大道。

这就是那栋“完美”的房子。红色大轿车嘎吱嘎吱地驶过车道，来到我现在站的地方。我站在房子前，矮小得像一根小木桩。

纳尼吉突然咯咯笑了起来。这栋平房不是一间普通的平房。它空间巨大，气势恢宏，像印度的老房子一样，侧面环绕着宽敞的阳台，还有一扇大大的前门。门口的一根柱子上刻着名字“灰石之家”，柱顶的石头上凿刻着年份——1836年。爸爸拿出一串大钥匙，打开门，挥手示意我们进去。

大家还没缓过神，妈妈已经冲了进去。她在房子里跑来跑去，挥舞着双臂。她越看越喜欢，不停地对着纳尼吉喊道：

“快看这个房间有多大！”

“你看到那个卷边浴缸了吗？”

纳尼吉紧跟在妈妈身后，从一个房间狂奔到另一个房间，她身上穿着萨尔瓦套装，围巾正舞弄着鲜艳的色彩。爸爸拖着步子进进出出，将一个个手提箱拎进房子。而迪利普正假装自己是突击队员四处游走，还被爸爸绊了一跤。

我的双脚没有往前迈进，它们像口香糖一样粘在了走廊的地板上。我环顾四周，天花板上的玻璃拱顶将光束投射在花纹烦琐的墙壁上，光束里尘土飞扬。爸爸揉了揉我的头发。

“快进来，我的孩子，欢迎回家！”

可是这里不是我的家。

我的家在印度，那里草木繁茂，绿意盎然。我的家坐落在一个现代化的住宅区，地板铺着抛过光的瓷砖，屋外杧果树的枝丫摩挲着阳台。家，是有我最好的朋友阿杰、是有板球场，是位于每周都可以光顾闪亮购物中心的市区的地方，绝不是这座位于苏格兰的老旧房子。

我右侧的门上有一块铜制的牌匾，上面写着“绘画室”①。我认为里面肯定塞满了铅笔和毡头笔。我想弄清楚里面都有些什么，于是迈开步子走上前，把手放在了门把

① 原文为 drawing room，“会客室”的意思，这里主人公做了字面理解。

手上。

咔嗒。

冰冷的空气顺着我的小腿往身上爬。房间里很暗，窗帘紧闭。我手忙脚乱地摸索寻找电灯开关时，听到身后其他人的嚷嚷声。

“拉尔！”他们喊道。“噢，是会客室……”妈妈说道。他们忙着向前挤，将我推进了房间。说话声戛然而止。房间里又冷又暗，一股陈旧的混合着腐烂花朵的味道的酸味使我们感到窒息。紧接着，我看到了它——在房间的中央、穿过黑暗注视着我的一只老虎。

当然，它是一只死去的老虎。它的表皮平摊在地板上，颜色暗沉，布满了裂缝和灰尘留下的土疙瘩。它可怕的脑袋托在下颌上，大大的下颌仿佛在怒吼。它浑浊的玻璃眼珠看起来很不对劲。这张虎皮地毯看起来太不对劲了。整个房子、小镇和国家都不对劲，一切都错了，大错特错。

纳尼吉捏了捏我的肩膀。

“让光照进来吧。”她边说边绕过虎皮地毯，用力拉开了窗帘。一群银色的家蛾迎着阳光振翅起舞。纳尼吉打开了大大的玻璃门，迪利普从我身边走过，走进了绿意盎然的早晨。而我则缩回到了走廊里。

我以为虎头标本是我那天看到的最可怕的东西了，但我错了。那天下午，妈妈和爸爸出去购物了。迪利普在房子周围玩耍，纳尼吉正将几串幸运珠和一幅印度教画像挂在墙上。

我把我的手提箱拖进卧室。墙壁是向日葵般的黄色。两张单人床紧紧挨在一块儿。我把箱子抬到其中一张床上，床垫凹陷了下去。我坐在箱子旁边，并不想打开行李。爸爸之前说什么？“这房子里有一些高级的东西，非常非常高级哟。”我生气地想，确实，就像死去的老虎一样高级。

我真想知道阿杰此刻在做什么。可能他正准备打板球呢。这是我头一回没法儿去他家看电视转播的板球决赛，享受大碗爆米花……

突然，我感到非常孤独。我起身去找其他人。迪利普和纳尼吉在厨房里打扫橱柜。

“你四处看看了吗？”纳尼吉问我。

“还没呢。”我耸耸肩。

“你应该去转转，多了解了解这个地方，”纳尼吉拿着一块抹布说道，“还是说，你更愿意帮我清洗这些碗碟？”

我转身离开了厨房。我抚摸着书房里的天鹅绒长沙发，欣赏着浴室里的蜘蛛网，偷看了一眼敞亮通风的餐厅。最后，我来到了房子的前面，穿过宽敞走廊，回到通往会客室的那扇门前。我不想进去，不想再看到那张丑陋的虎皮地毯，但我还是忍不住。我感觉好像有什么东西在把我引向它。在我意识到自己在做什么之前，我推开门，走了进去。

壁炉台上有一个钟表，它的指针断了，无力地悬挂在六点钟的方向上。一只标本雪貂直勾勾地盯着我。我瞪了它一眼，走到房间角落里一架立式钢琴前。象牙色的琴键冷冰冰的，在我停止弹奏后还回响着一阵诡异的杂音。两个涂了油漆的箱子堆放在一张真皮扶手椅的靠背上。我用手指摸了摸其中一个箱子上面的灰尘，但我不敢打开看它里面有什么。我转而站在一个装有玻璃门的书柜前，看着那些书的书名。书按褪色的小说封面上作者姓名字母顺序排列在书架上：吉卜林、洛夫廷、纳斯博……

砰！

门砰的一声关上了，我吓得跳了起来。

“只是一阵穿堂风而已。”我自言自语道，虽然它让我吓了一大跳。通往花园的门还开着，我去把它关上了。当我转过身时，一台小电视吸引了我的注意。它在离壁炉不远的地方，就在虎皮地毯的尾部。我跪在它面前，按下电源按钮。什么都没发生。我伸手过去拨弄着那些电线。坚硬的木质地板硌着我的膝盖，就像尺码不合适的腿部护具。

“加油，快打开，老伙计，”我低声说，“快打开。”我第二次按下按钮。这一次，模糊的屏幕上开始闪烁。“太好了！”我向后仰着看去。

电视里的画面很难辨认。它没有发出任何声音，甚至没有静电的嗞嗞声。模糊的线条像蛇一样，从一侧游走到另一侧。我把电视关了又打开。一道小小的蓝光突然闪烁，随即消失。我想，这台电视应该是坏了，于是把它关掉了。但屏幕上的画面并没有消失，线条仍像蛇一样蠕动前行。

我凑近看了看，愣在原地。

这个画面不是来自电视，也不是来自节目播送，而是倒影。在我身后，有东西在动。就在我身后的地板上。它不停地移动，离我越来越近——蠕动、扭曲、膨胀。我感到毛骨悚然，深吸了一口气，把脑袋从屏幕前移开，想看看我的身后究竟是什么。

空无一物。我的身后什么都没有，除了那张了无生气的、安静的虎皮地毯。我飞快地把目光投向电视屏幕。屏幕里也什么都没有，只有我自己灰暗的倒影。

这房间太诡异了。我站起来，蹑手蹑脚地走向最近的一扇门，那是通往花园的门。我回头看了看之前有东西在蠕动的那个位置，就在地毯旁边。我走出房间，迅速关上门。然后我拼命向前跑，那速度比我做过的任何本垒打都要快。我跑啊跑，直到我跑到房子的另一边，透过厨房的窗户，我看到迪利普和纳尼吉正在挂塑料花环。

“拉尔，你看上去像活见鬼了！”在我飞奔进屋的时候，纳尼吉说道。我张嘴想要回应，却一个字都说不出来。我冲到她身边，大口呼吸着安全的气息和她在免税店购买的水果味新香水的味道。就在这时，妈妈噔噔地从另一扇门走了进来，抱着一堆从食品杂货店买来的包裹和罐头，手里还拎着一份外卖。

“可以来帮我一下吗，拉尔？”

“孩子们，你们觉得这栋房子怎么样？”当我们坐在餐桌旁吃晚饭时，爸爸问道。

“除了那只吓人的老虎以外，我都挺喜欢的。”迪利普说道，“为什么老太太会有张虎皮地毯呢？”

我咽下一口蒜香面包，望向爸爸。

“噢，是这样，”爸爸说，“嗯，那位老太太，她叫威尔小姐……”

“我们实在欣赏不了这张虎皮地毯。”纳尼吉用印地语坚定地插嘴道，“但有些人就喜欢这类东西。这种事就像吃鸡肉一样。”作为一个严格的素食主义者，纳尼吉皱着眉头看向正愉快享用大鸡腿的爸爸。

入住灰石之家的第一个晚上，我很晚才睡着。不是因为时差，也不是因为新买的床单，甚至不是因为迪利普的鼾声，而是因为那张虎皮地毯。

起初，它让我感到有点儿悲伤，就像阿杰曾经给我看的那张著名的漫画——一幅大英帝国统治印度时期的漫画，讲的是一只英国狮子攻击并打败了一只印度老虎。一开始，这张地毯让我有那样的感觉：我被打败了。但现在，我隐约有了别的想法并挥之不去。之前纳尼吉说我看起来像是活见了鬼，但这并不好笑。

事实上，情况很严重。灰石之家是一座鬼屋。

2

光影戏法

“小心！”我朝迪利普喊道。他正东倒西歪地行走在高墙上。他总是做那样疯狂的事。当时，我们正在参观一座城堡。又是一座城堡。这是我们帕特尔一家在苏格兰的第三天，也是我们参观的第三座城堡。

“我能看见护城河！”迪利普喊道。我抓紧岩石和草丛爬上了土丘。高墙建在斜坡上，当我站在上面时，我的膝盖都害怕得发抖。爸爸慢慢地跑过来，伸出一只手。我抓住爸爸的手，等我站稳了，我直起身子，向高墙的另一边张望。一块草坪向下倾斜到一座角楼和一片棕色的、呈新月形的水面。

这些城堡看起来都一模一样。每次我们开着红色大轿车到达一座城堡，迪利普都抱怨说，这和他想象中的一点儿都不一样。这也不像我想象的那样。我们没看到一个国王、王后或骑士。大多数时候，我们也几乎看不到任何像样的城堡，所到之处只有倒塌的墙壁，有时甚至只有瓦砾碎石。灰暗的天空下是一堆堆灰色的石头——这和生意盎然、富饶多金的印度一点儿都不相似。

天空开始飘起毛毛雨。我们来这儿的第一周经常下毛毛雨。不像热带地区的倾盆大雨，毛毛雨就像一群蚊子或更糟的苏格兰蠓一样烦人。迪利普在睡前总是像下毛毛雨一样流着眼泪——既不是号啕大哭，也不会持续很久。我们的房间放着一堆漫画书。我们会靠着鼓鼓囊囊的羽毛枕头躺在床上。我会大声朗读漫画书里拥有超能力的英雄打败恶棍的故事。我们看了一两部电影，玩了一些电脑游戏，不过这些漫画书与众不同：它们的画风是老式的，书页像丝绸一样柔软。早晨我醒来时，迪利普总蜷缩在我脚边。我试着逗他笑。“灰石之家，”我说，“听起来就像灰屎之家。”

“我打算每周六在会客室的壁炉里生火，”妈妈在周末宣布，“用来防潮。”

自从看到电视上可怕的倒影后，我就再没去过会客室了，我以后也不打算待在那里。所以，在第一个星期六，当木头在壁炉里噼啪作响时，我回到了床上。妈妈和纳尼吉在打牌，爸爸在看报纸，迪利普蜷缩在虎皮地毯上。从那时起，如果我在别的地方都找不到迪利普，我敢肯定，就像命中一球一样肯定，他就坐在虎头旁边。

因为他老待在那个房间里，我感到很忧心，但还没等我找机会提醒他那屋里有鬼，第二件奇怪的事情发生了。

斯特林先生是我们的邻居，他是一个高个、秃头的男人。他带着一盒自家母鸡下的鸡蛋突然出现在我们家门口，于是妈妈邀请他留下来喝茶。她煮了一锅深褐色的印度奶茶，倒了一小杯放在斯特林先生面前，奶茶上面还漂浮着一层薄薄的奶皮。

我看着斯特林先生挣扎着喝下奶茶，纳尼吉微笑着点点头，仿佛一切了然于心，但我知道她其实几乎听不懂大家在说什么。

“很棒的房子，”斯特林先生笑着说，“自从威尔小姐生病之后，她就再没有邀请过别人进来。”

“生病了？”妈妈问。

“是的，”斯特林先生摇了摇头，“我猜她是疯了。真是可怜的女人。”

斯特林先生和妈妈聊了很久。过了一会儿，我溜进卧室，躺在床上，膝盖上放着一些旧邮票册。外国鼓、战舰、名人头像……

突然，门被撞开了，迪利普飞奔进来。他看起来有点儿疯狂——既害怕又兴奋。

“迪利普，怎么啦？发生什么事了？”

“老虎，快来看那只老虎！快来看老虎呀！”

我翻了个身，听到邮票册砰的一声摔到地上。我没有去把它们捡起来，而是跟在迪利普身后跑了出来。迪利普已经跑到走廊上了。我跟着他穿过走廊，来到会客室。

“噢，”迪利普的声音很平淡，“它停下来了。”

“什么停下来了？发生了什么？”但当迪利普蹲下来瞪着地毯时，我明白了。

“看！”

起初，我什么也没看到。然后，裹挟着灰尘的光束穿过大大的玻璃门，洒在虎皮地毯上。我发誓，那条纹泛起了涟漪，因为老虎那软弱无力的四肢在抽搐。房间里一片昏暗，地毯上的条纹开始波动，仿佛皮肤下的肌肉在活动。老虎尾巴上的条纹也开始蠕动，就像那台旧电视上的倒影一样，但这次是真的。我如芒在背。紧接着，一片雨云掠过太阳，光束迅速消失。

“你看到了吗？” 迪利普睁大双眼。

“这只是一种光影戏法而已。”我说道。那种不安感消失了，但我的心都快要跳出来了。“我要离开这里。来吧，迪利普，跟我一起走。”

“不，拉尔，等等，你不会相信发生了什么的。虎皮地毯开始动了——”

“我之前就发现了，是我先看到的！我们去别处玩吧，这儿太诡异了。”

“但是拉尔——”

“打住，迪利普！这太诡异了！你以后也别再来会客室玩了。”

我们听到走廊里一阵窸窸窣窣的声音，斯特林先生要走了。我把手指抵在嘴唇上示意迪利普住嘴：我最受不了的就是妈妈问我们问题了。前门一关上，我就飞快地跑回卧室，两颊灼热。

我坐在床上，捧着邮票册，但邮票在页面上游动成一团模糊的色彩。会客室里有什么？我为什么要拒绝倾听迪利普一直想说的话？其实，这一次我心里有了答案：迪利普也看到了某种鬼魂。也许是又疯又老的威尔小姐的鬼魂在这里游荡，拿着旧地毯玩把戏？

突然，我灵机一动。如果灰石之家已经被鬼魂“占领”，那么我们就不可能住在这里。妈妈会害怕得要命，纳尼吉会对着她的幸运珠喃喃咒骂（也可能会诅咒爸爸）。这样的话，我们都得收拾行李回印度去。很明显，这个地方已经有一个幽灵房客了。

我要做的，就是证明鬼魂的存在。

3

窗户里的秘密

在那天剩下的时间里以及第二天早上，迪利普都没有谈起地毯，我也没有追问。第二天下午，因为阳光明媚，我们来到了花园。

“咯！”

我抬头看见了一只肥壮的斑尾鸽，它栖息在一棵常青树的腰部。我皱起眉头。鸽子的叫声愈发深沉，愈发刺耳。

“咯！”

这不是鸟发出来的叫声。在树的更高处，几乎在树顶的位置，一个满脸雀斑的卷发女孩半掩在尖尖的树冠下。

“你好？”我朝她喊道。她从树枝上摔了下来，吓跑了斑尾鸽，但她手脚并用地跳了起来。她的肩膀很宽，像个男孩，看上去和我差不多大。

“我叫珍妮，”她说，“我住在斯特林先生家隔壁。欢迎来到这里。我很久之前就看到你们搬到这儿了，可你们还没出来玩过呢。”

“因为天天都在下雨。”我回答道。

“下雨？这可是苏格兰！小雨滴无伤大雅。”她说话如同唱歌一样，声音在八分音符和二分音符之间游走，“你们叫什么名字？”

“我叫拉尔，”我说，“这是迪利普。”

珍妮揉了揉自己长满雀斑的脸，耸耸肩。

“威尔小姐过去常让我在这里玩。现在我还能在这儿玩吗？我过去的秘密基地是树屋角，但我猜那里会是你们的秘密基地了。无论如何，我最喜欢的地方就是秘密花园了。”她指着一个高高的树篱，“要我带你们去看看吗？”她在草坪上翻了个跟头。迪利普跟在她身后。我盯着他们看了一会儿，也跟了上去，湿透的苔藓从我的凉鞋边冒出来。

珍妮把我们带到树篱的一个开口，灌木和杂草像印度藤蔓蛇一样交错蜿蜒，把这个开口隐藏了起来。在这个开口后面，是一个长满野草的花园。形形色色的植物覆盖在大而高的花坛上。园中小路的一半被长长的路边草所遮掩，有黄色和蓝色的花朵点缀其间。珍妮牵着迪利普的手，得意扬扬地对他比画着。

“醋栗，”她边说边指着，“黑加仑，覆盆子。以前这里还有蔬菜，现在你们还可以找到洋葱。我们来摘一些给你们妈妈吧……”她不停地说着，手也没停着，从凌乱的绿地中拔出一些枯萎的小球茎。

“来尝尝这个，拉尔！”迪利普喊道。

“这是野生菠菜。”珍妮边说边向我伸出手，她的手里拿着一片卷边的绿叶。当我走上前去拿的时候，我被一丛杂乱的藤蔓绊倒了。珍妮冲着我的脸喊道：“傻鹅！”

迪利普咯咯笑了起来，我瞪了珍妮一眼。

“怎么啦？”珍妮问。“这就是这种草的名字：鹅草。在苏格兰，也有一些人叫它黏黏草。”她补充道。迪利普发出哧哧的笑声。

“你知道吧，我们在印度日常也吃菠菜。”我说。鹅草上的钩状毛刺扎疼了我的眼角。我咬了一口菠菜的叶子，它尝起来是苦的，味道一点儿都不像我所了解的任何菠菜。

沿着一条石板小径，我们来到秘密花园中心的一个鹅卵石铺就的圆圈。珍妮绕着圆圈蹦蹦跳跳。她的嘴里又叽里咕噜不知道在说什么。

从草坪对面传来了妈妈的呼喊。“拉西！拉西！”

珍妮跳了起来。

“她在叫我！为什么她在叫我？我做了什么？我是这儿唯一的女孩。她为什么叫我？”

“她叫的不是苏格兰语里的‘女孩’，”迪利普笑着说，

“印地语里的拉西是指一种酸奶饮料。”珍妮把头往后一仰，头发蓬松凌乱，她激动地尖声大笑。我微笑着，有点儿希望刚刚在我绊倒的时候也可以笑成她那样。

我们朝阳台走去。在一个翻过来的板条箱上，妈妈放了一个玻璃罐和三个不锈钢杯子。珍妮把洋葱递给了妈妈。

“你一定是珍妮，”妈妈笑着给我们每人倒了一大杯浓稠的酸奶，“斯特林先生把你所有的事情都和我说了。”珍妮的脸变红了，妈妈笑了。“别担心，”妈妈转身离开时说，“斯特林先生说的都是好话。”

手中的酸奶让我品尝到了快乐的味道，那是豆蔻、红糖和印度海边的味道，是我想念的浓烈的口味，属于家的酸

与甜。珍妮也喜欢手里的酸奶饮料，她大口喝了下去。这样看，也许她人还不错。

从我的杯沿上方，我看见珍妮在绕着铁柱子转圈，她伸出腿，双脚对着我。这里的规矩和印度不一样。这里的人们不用脱鞋就可以直接走进屋子，坐下来把脏脏的脚底板对准你。印度人从来不这样做，在我们看来这既不干净也没礼貌。珍妮的脚有点儿粗糙，她的脚趾从凉鞋里露出来——做了紫色的美甲，已经有些掉色了。

我和珍妮坐在小路上，往草坪上扔石头，尽管我知道妈妈不喜欢我们这样做。珍妮似乎并不在意。她安静下来，最后，她站了起来。

“我想找个时间去灰石之家里面看看。”

“噢”，我点点头，“没问题。”

“威尔小姐允许我在花园里玩，但她从来不让任何人进屋。连斯特林先生都进不去灰石之家的大门，就像里面藏了个秘密似的。”珍妮话音一顿，“是这样吗？”

我不知道该说什么，拿起一根长树枝，开始剥树皮。灰石之家里确实有一个秘密。我想把死去的老虎和会客室里让老虎看起来像在颤动肌肉的光影戏法告诉这个有趣的女孩。但我什么也没说，因为如果这是个秘密，这同样也是迪利普的秘密。

那根树枝被我折成了很多小段。迪利普到底去哪儿了？

“你会带我去看看吗？”珍妮问。我一点头，她就一溜烟跑开了。

我看着她离开的背影。难道威尔小姐之前一直藏着那张虎皮地毯？她对虎皮地毯了解多少？也许这张虎皮地毯是非法的……之前，阿杰和我在学校做了一个关于偷猎的项目。在过去，人们把虎皮作为狩猎纪念品并且制成地毯。如今，老虎的胡须和骨头被用来入药和酿酒。我的老师说，有些人认为喝虎骨酒会让人获得超能力和浓厚的胸毛。想到这儿，我浑身发抖。虎骨酿制的酒听起来比压榨葡萄酿制的酒更令人作呕。

乌鸦嘎嘎的叫声把我的思绪带回到现实。我坐在阳台上，感到一阵凉意。我知道迪利普现在在哪儿了，肯定在会客室的虎皮地毯旁。我走到会客室有高大窗户的那一侧从外往里偷瞄。他在那里做什么呢？

迪利普悄悄贴近老虎的耳边，他在和老虎说话。起初他在窃窃私语，紧接着，他变得兴致勃勃，手舞足蹈。阳光很耀眼，我把双手环成杯状围在眼睛上，然后抵在玻璃上往屋里看。眼前这个场景，超出了我之前的所有想象。

迪利普不停地挥舞手臂，对老虎低声耳语。渐渐地，他说的话变成了白色的一缕缕云烟，在会客室里盘旋。迪利普就像一个魔术师或一个疯狂的指挥家，在演奏一首遥远的乐曲。突然，他停了下来，向后仰，两只胳膊支着身体，像螃蟹一样从旁边迈着碎步离开了地毯。

我把身子凑近了玻璃窗。那一缕缕云烟在虎皮上起舞。真相大白了，这不是光影戏法。

有什么东西——到底是什么呢？——在虎皮上掀起涟漪，这涟漪从虎皮下面向上荡漾，越来越大。肌腱伸展并开始拉扯，方向与老虎皮毛生长方向相反。老虎的尾巴变长，逐渐丰满膨胀，带着条纹的躯干成形了。没过多久，它的肩膀有了曲线，它的双腿把身体坚实地向上推。这只老虎正在复活。这张虎皮地毯活了。

我抓着门把手，猛地往下拉，但门是从里面锁着的。我大叫一声，扑倒在玻璃上。我用力拧转着门把手，抬起头看到野兽朝着迪利普跑去。我手忙脚乱地朝屋里奔去，在绿色的大门前绊了一跤，摔在砾石上。我爬起来，被擦伤的手掌直发烫，但我完全顾不上看，穿过巨大的门和门厅，继续往前跑。

“迪利普！”

但当我接近他时，我的声音和勇气都变弱了。

“迪利普？”

4

复活

老虎太大了，以至于房间仿佛缩小了。老虎迈着巨大的爪子，从一边走到另一边。我把手伸向迪利普，但我的目光无法从老虎身上移开。它转过身来，直视着我。它的眼睛不是胶合在一起的玻璃制作的，而是闪烁着蜂蜜般的金色，生机勃勃。我过于专注地注视着老虎，直到听到砰的一声和咔的一声，才注意到迪利普已经蹑手蹑脚地把门关上了，把我们俩关在屋里了。事实上，是把我们俩和老虎一起关在屋里了。

“迪利普？”

“没关系的，拉尔。不是你想的那样。”

我不知道我在想什么。

“它是我的朋友。它不会伤害你的。”迪利普伸出纤细的手臂，抚摸着老虎的鬃毛。鬃毛厚实又光滑，给予老虎一种王者的霸气。老虎打了个哈欠，露出一排闪闪发光的牙齿。看到这些用来捕猎和啃咬肉类的獠牙和裂齿，我惊得下巴都要掉了。老虎的牙齿比我印象中的还要多。整件事情比我想象的还要复杂。迪利普抚摸着它，就像抚摸着邻居家的小猫一样。

“走近点儿，拉尔。”迪利普轻声说道。我认真思考着该不该过去。老虎周围散发着一种微弱而温暖的光芒，纳尼吉称之为光环。它看上去没有生气，也不饥饿。但我对它又了解多少呢？“别碰它，”迪利普说，“伸出你的手就好了，保持住别动，让它来和你亲近。别吓到老虎了。”

吓到老虎？我按照迪利普说的做了。嗯……基本上照做了。我伸出手，但我无法控制住手的颤抖。在我明白发生了什么之前，老虎已经向前倾了倾，将它的前额抵着我的手掌心。就像两极之间的电流交错一样，某种野性和原始的东西将我们连接在一起，连接了现在与过去，尽管不可能，但它却真实地发生了。发生了这么多事，我忽然镇定下来，喘了口气。

“看到没？”迪利普说。他拉着我坐了下来。

老虎哼了一声轰然坐下。它的鼻孔因呼吸而张开。我发现，它的鼻子是蛾子的形状。迪利普看起来那么小，老虎看起来那么……那么真实。我们坐了一会儿，寂静无言。我所知道的一切都被打乱了，重新编码了。

“这是怎么发生的？”我问，“你知道多久了？”迪利普说这一切都是从他需要找个地方独处思乡的时候开始的。没有人经常来会客室，因为没有人喜欢看到这张虎皮地毯。但他并不认为这张虎皮地毯有什么错，所以他经常逃到这里来。

“后来有一天，我开始和老虎讲话，”他耸耸肩，“当我低声说话时，我看到老虎皮肤上的纹路开始波动了。”

我们都看向老虎。

“拉尔，当我对老虎低声耳语的时候，魔法出现了。我对老虎说得越多，魔法就越强大，足以使老虎复活。”

我皱起眉头。我知道世界上没有魔法（毕竟我快十二岁了）。魔法是存在于故事里的，是被虚构出来的。然而，我们现在面对的情境……我摸了摸老虎脖子上的黄褐色皮毛。

“你不害怕吗？”想着第一天在电视上看见的倒影，我问道。

“有一点儿。我主要是害怕你不相信我。我之前想告诉你的。”

“我知道。”

“还有别的事，拉尔。”

“什么？还有什么事情？”

还会发生什么事情？迪利普深吸了一口气。

“老虎对我说话了。”听到这句话，老虎打了一个简短的、发着嗷呜声的哈欠，我瞥见它的其他牙齿，嵌在紫色的牙龈里，像象牙钢琴琴键一样泛黄。当它是一块地毯时，我尽量不看老虎的嘴，尤其是不看它那被粉刷过的假舌头。现在我忍不住看向它，尤其是它的舌头，像三文鱼一样粉红的舌头活灵活现地舔舐着。它又打了一个哈欠，金色的下颌微微颤动，最后散发出一股老虎呼吸时发出的热烘烘的腐旧气味。它到底是活的还是死的？它怎么会说话？

“拉尔？迪利普？拉尔？”

妈妈在叫我们。我们互相看了一眼，跳了起来。迪利普把我拉到长椅上，这样老虎就可以斜着滑回地板上。很明显，迪利普之前做过很多次这个动作。随着老虎身体向下塌陷，它的光环消失了，身体消失了，条纹也消失了。我感到一阵眩晕，我抓紧沙发，紧闭双眼。这时，整个房间似乎都在颤抖，充满了可怕的空虚感。

这只持续了几秒钟，当我再次睁开眼睛时，我被日光弄得眼花缭乱。一只乌鸦在叫。虎皮就在那里，看上去只不过是一个又旧又脏的动物标本。迪利普离开了，会客室的门大开着。

妈妈叫我们是因为迪利普要和爸爸出门去买新鞋。我要待在家里帮忙收拾食物储藏室。我的运气真是好——当门厅对面出现了一只神奇的老虎，我正好就被困在这里收拾大包小包和瓶瓶罐罐的食物。

我无法集中精神，脑袋里一直想着：如果我对地毯低语，老虎会复活吗？还是只有迪利普才能施魔法？我的脑子里充满了疑问。我知道如何打板球，喜欢代数和脑筋急转弯，但眼下的情景完全不同。我没有任何答案。我一不小心把黑胡椒倒进了米罐里，并给泰式绿咖喱贴上了“老虎咖喱”的标签。

“好吧，”妈妈叹了口气，“你自己去玩儿吧。快去，拉尔，做些别的事情。”我知道我要做什么“别的事情”。

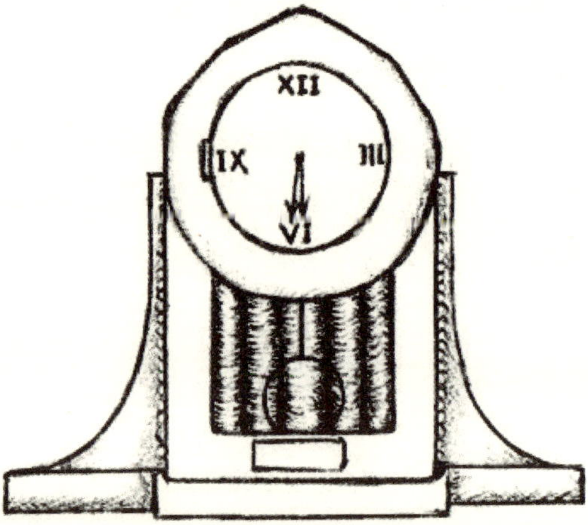

回到会客室，我低下身，贴在虎皮地毯上的虎头旁。

“你能活过来吗？”我问。我的问题被淹没在漫长的沉默中。“求你了？”我补充道，“我只想知道，是不是只有迪利普能把你叫醒，或者……”我能感觉到一旁的雪貂标本在用它那对珠子眼睛嘲笑我。我试图忽视它。我抚摸着老虎的额头，想起老虎触碰到我手掌时，我仿佛触电般的感觉。我用手指抚摸着它的耳朵，俯身靠近它耳语。什么都没发生。

只有小迪利普才能对老虎施展魔法，这太不公平了。如果我在第一天多对它说点儿悄悄话，也许它就会为了我复活。我站了起来，觉得自己有点儿傻。当然，没有傻到踮着脚尖走到门口，还转身对老虎说：“我是第一个看到你的，不是吗？在电视屏幕上。那是你，对吗？”

第二天是妈妈和爸爸在城里开始工作前的最后一天，如果爸妈去上班了，迪利普和我就要整天与纳尼吉待在一起。爸爸计划开车带我们去一所有历史的庄园，然后去海滩上玩耍。

这个庄园又大又冷，比灰石之家还要大、还要冷。我把迪利普拉到了房里的一个螺旋楼梯间。

“老虎跟你说话了，这是什么意思，迪利普？”我有些咄咄逼人地问道。石室里响起了柔和的回声。

“就是它和我说话了。”

“怎么说的？”

“我不知道。”迪利普皱着鼻子。

“它说出声了吗？”

“我想是的，但它的说话声不大。”

“心灵感应？”

“也许吧，算是，可能有点儿那个感觉。”

“但你对它大声说话了？”

“是的，嗯，有时候是的。”

“那么，它说了什么？”

“它告诉我不要担心，”迪利普说，“我认为它需要帮助，拉尔。它说它想要自由。”迪利普顺着台阶往下跳了一级，然后又跳了两级。

“那是什么意思？从哪里获得自由？”

但迪利普跳得太远了，拐了弯。这些台阶很陡。我抓着绳索扶手往下走，等我赶上迪利普时，大人们也来了。妈妈和纳尼吉正盯着一幅墙壁大小的挂毯，爸爸在一幅画着穿着狩猎装备、佯装严肃的男人们的画像前徘徊。我们一起走向出口。

十五……我在数死去的动物。不止有普通的鹿角。

二十二……扶手椅上披着狐皮，地板上铺着牛皮地毯，还有钟形罩里的奇异鸟类。二十九……我想知道如果它们都复活了并且能说话的话，它们会说些什么？它们能复活吗？……三十三。

爸爸揉了揉我的头发。“我们去吃午饭吧！”

一共死了三十三只动物。

来到海边，我们从停车场的一辆餐车里买了纸包装的炸鱼和薯条。我们在一座白色的大灯塔附近放上躺椅。当纳尼吉以为自己选择搭配薯条的酱汁是咖喱酱，结果发现是一种浓稠的辛辣醋时，她的表情把我们逗笑了。我们就着“苏格兰民族饮料”开吃，这是一种甜甜的碳酸汽水，看上去就像万圣节南瓜的颜色。

当灯塔的影子逐渐落在我们身上时，我们把椅子搬到了最后一缕阳光照射的地方。妈妈和纳尼吉坐在一起，背对着风，纳尼吉蜷缩在她的纱丽和羊毛开衫里。爸爸从海岸线号叫着回来时，纳尼吉责备了他，因为爸爸竟然将膝盖浸入冰冷的海水中。

我追着迪利普，在一排排干海藻上来回奔跑。咸湿的海风刺痛了我们的脸。我们冲向沙滩，感到了狂野和自由。

狂野和自由，这就是那只老虎想要的。我用冻僵的手指在沙滩上挖洞，仿佛沙子里藏着答案。困在陷阱里的活生生的老虎可以被放生。但这不是一只活生生的老虎，并且它被困在一个不寻常的陷阱里。

5

煎饼故事

在我和迪利普起床之前，妈妈和爸爸已经出门了。纳尼吉允许我们赖床，我们可以穿着睡衣躺床上玩电脑游戏。晚一点儿的时候，她带着托盘来到阳台，托盘里堆满了热腾腾的萨莫萨三角饺、黏糊糊的印度炸糖卷和椰子块，让我们在打板球的休息间隔吃。纳尼吉一边记分，一边止不住地在柳条椅上打瞌睡。

“纳尼吉，”我哄道，“你为什么不去好好躺一下呢？”

她稍微挪动身体，笑了笑，拖着脚准备去睡个午觉。她一走，我就把球棒扔了，迪利普把板球扔了，我们冲向会客室。

我紧张不安，就像一只落单的鹿深入虎穴。我站在扶手椅后面。迪利普扑通一声坐在了老虎的大脑袋旁边。他开始窃窃私语。他的低语声在空中蔓延，就像我从窗户偷看时那样。他就像一个腹语演员，嘴巴几乎都没有动。

老虎身上的条纹移动了；迪利普在地板上向后滑动，舔着嘴唇。我的嘴唇像燕麦一样干涩，喉咙无法吞咽。我几乎无法呼吸。迪利普的低语让老虎复活了。它的身体正在成形，全身各处慢慢隆起，直到它真正完整，房间里再次被它巨大的身躯填满。它抖了抖身子，爪子向前伸展。

迪利普拍拍手，向那只大老虎扑去，给了它一个拥抱。他的低语已经消散在空气中。老虎的眼睛由橘黄色、琥珀色和黑色的宽圆圈组成。当它向我眨眼时，我的心仿佛高悬于云朵之上。老虎身上的条纹就像我们的指纹一样，是独一无二的，从背部一直延伸到肌肉发达的腿内侧。在它脸的两侧，一簇簇白毛看起来比以前更亮了。

“坐。”迪利普拍拍他旁边的地板说。老虎弯下它沉重的身体，坐在地板上。

“太酷了！这也太酷了吧！”我简直不敢相信我对迪利普说得那么大声。他又抱了抱老虎。我从椅子后面向前跨了一步。我也很想拥抱老虎。它好像读懂了我的心思，把爪子朝我伸过来，我凑近它，把我的手放在它柔软的皮毛上。它缩着爪子，毛发看起来有些竖起。“它生过气吗？”我问。

“有时候，”迪利普抱紧膝盖，把半张脸藏了起来，“我曾经去过一次狩猎场。”老虎的耳朵向后折，发出皱巴巴的声音，好像准备咆哮。“没关系，”迪利普拍拍它，“我不会再狩猎了。”

“为什么？发生了什么事？”

“老虎用耳朵做了那个动作。人们向后走了很远。”老虎发出一声不太响亮的吼叫，蜷缩起爪子，皱起额头，然后又发出了一声短促的咆哮。“然后老虎做了很不好的事情！”

我们看着老虎坐着聊天。当老虎听到斯特林先生的割草机之类的东西发出的具有威胁性的声音时，它会把鼻子伸到空中。当我们谈到印度时，它点头，又轻轻摇了摇头。

和老虎坐在一起，感觉是那么轻松。

突然，老虎用爪子挠了挠迪利普。纳尼吉从午睡中醒来，在厨房里唱歌。接下来的几天，当纳尼吉午饭后打盹时，我们都和老虎一起坐在会客室里。准确来说，老虎没有“张口说话”，只有迪利普能听到它的话。但它的动作会发出信号，是可以预测的。老虎总是能比我们抢先听到纳尼吉的响动。

纳尼吉让珍妮带我们在镇上转了几个小时。珍妮带我们看了一条河和两条叫作“小溪”的小水流。在那里，迪利普花了很长时间筑坝，我学会了如何用鹅卵石打水漂，让平坦的鹅卵石像摩托艇一样在水面上弹跳。我们在公园里开脚踏游船，还和镇上的其他孩子一起踢足球。珍妮也一点一点地告诉了我们她是怎么到这里来和奶奶住在一起的。

有一天，当我们赤脚站在河边向激流中扔树枝时，珍妮说："我三岁的时候，我的爸妈去世了。"我对着耀眼的阳光眯起眼睛，不知道该说什么。幸运的是，珍妮一直在说话。"我们住在北方。但他们死后，我来这里和奶奶住在一起。她照料着我的一切。"

我涉水越来越深，在冰冷的水中，我的脚趾失去了知觉。

"告诉珍妮，"迪利普说，"告诉她老虎的事。"

"什么老虎？"珍妮问道。她的耳朵竖了起来，活像一只老虎。我决定从头开始。我告诉她我们是怎样地想家，我是怎样以为灰石之家在闹鬼，以及当迪利普对虎皮地毯低语时，老虎是怎样复活的。珍妮不再扔树枝了，站在那里听着，她相信我说的每一个字。"我告诉过你们威尔小姐有个秘密！"她说，"我打赌就是它，就是这只神奇的老虎！"她一脚踩进水里。迪利普跳下来，坐在一个土堆上，我们都陷入了自己的思绪中。

"来吧，"过了一会儿，珍妮振作起来，"我带你们去见奶奶。她会帮你们解决这件事的，我是说，关于想家之类的事。"

我们系上鞋带，啪嗒啪嗒地穿过镇广场，沿着来时的路原路返回。

珍妮奶奶的房子也是一座平房，但比我们家要小一些，散发出一股烤面包的味道。房子里有一张桌子，上面放着一部电话，还有一个放满网球拍和一根磨坏的板球棍的雨伞架。

“进来，你们这些小家伙！快进来吧！”奶奶的年纪没有我想象的那么大。她有一头翘起的棕色短发，穿着牛仔裤和一件磨损的男士衬衫。“我刚刚在花园里喝茶休息呢，”她说，“让我们来吃一些煎饼吧。”

我们跟着她走进厨房，那里有一个大火炉，上面放着一个沉重的平底锅。奶奶伸手把锅拿了下来。

“现在大家都坐下。”她说。当她在碗里搅拌面粉、鸡蛋和牛奶时，她开始说话了。起初我以为她是在自言自语（就像纳尼吉那样），但她在讲一个故事。珍妮后来和我们说，奶奶总是这样，讲这些“煎饼故事”。这天的故事叫作“草袍公主”，讲述的是一个公主被安排嫁给一个住在很远的地方的可怕王子。

“当时，公主不同意。她用河边摘来的灯芯草打扮自己，假装是穷人，逃跑了。她踏上了一段漫长的旅程，去寻找她的真爱。”奶奶的声音像珍妮一样高低婉转。我们坐在座位边沿，听着草袍公主的冒险经历。

摊成圆形的面糊躺在烫烫的平底锅上，发起小泡，变成了美味的小煎饼。当草袍公主从此过上幸福的生活时，奶奶已经做好了一盘煎饼。

“孩子们，这些是苏格兰煎饼。”她教我们如何在上面涂上一层厚厚的黄油和一层草莓酱。“和印度的食物不太一样，是不是？”

珍妮在桌子底下踢了我一脚。

“奶奶，拉尔和迪利普想家了。”

“啊，你们当然会想家。”她点点头。我看着迪利普，他的两颊因为咀嚼而鼓鼓囊囊的。“你们只需要安心住下来，不要担心在这儿的生活。时间会解决一切烦恼的。”奶奶向珍妮眨眨眼。

“这里的一切都很不一样。”我一边说，一边舔干净手指上的果酱。

奶奶叹了口气，往后一坐。她的脸晒得黝黑，脸上还有皱纹，就是她微笑时眼角两侧的笑纹。

“不一样也不是坏事，”她最后说道，“恰恰相反，你想想看，如果每个地方和每个人都一模一样，生活会多么枯燥啊。”她摆弄着她的餐刀。“你们可以自己决定心向何方，这由不得父母，只有你们自己能决定。”

“就像草袍公主一样。”迪利普大声说。

不太一样吧，我想着。

“是有一点点像。”奶奶笑了。

我不确定是因为煎饼、奶奶讲的故事，还是奶奶说的话，但珍妮是对的，我感觉好多了。

之后回到灰石之家，我和纳尼吉坐在厨房里打牌，迪利普和老虎一起在会客室里，我尽量分散纳尼吉的注意力。就在我听到那辆红色大轿车的车门砰的一声被关上时，迪利普出来了。

“老虎不高兴了。”他在纳尼吉听不见的地方说道。

“为什么？你又去狩猎了？”

“不，我没有。我问了一些问题。我问它，它的存在是不是一个秘密，它来自哪里。然后它就开始绕着圈走来走去。”我想象这只老虎像圈养的大猫一样踱来踱去的画面，就像野猫因为被关在笼子里而发疯一样。

“还有什么？它告诉你什么了？”

“它告诉我，它需要我们的帮助。它想告诉我们它的故事。明天下午，我们和珍妮一起去听。”

我还没来得及问其他问题，妈妈和爸爸就冲了进来，他们给纳尼吉带了鲜花，问了一千个关于我们这一天做了什么的问题，但我的脑子里全是明天。

6

老虎的承诺

迪利普盘腿坐在虎皮地毯旁边。我坐在沙发上，纳尼吉把透明塑料铺在了沙发上面，以防它被弄脏。

“纳尼吉，你可以在去休息之前帮我们生好炉火吗？”迪利普问道，“我们想和珍妮在这里玩。”

纳尼吉喜欢珍妮。她在去睡觉之前，把炉火点着了。我帮忙把引火柴堆成金字塔形，围了一圈皱巴巴的报纸。

珍妮一直在屋外徘徊。我为她打开了落地玻璃门，等她进来后，我把玻璃门锁得紧紧的，拉上了窗帘。珍妮坐在迪利普旁边，异乎寻常地一句话也没说。我打开一盏阅读灯，把它压低，让灯光低一些，然后坐在她的另一边。

迪利普抚摸着老虎的额头，捋顺它眼睛上方的毛发。当他开始窃窃私语时，老虎的形状开始改变。老虎开始扭动，朝四周膨胀，最后活了。它抖了抖胡须，啃咬舔舐着爪缝。它的尾巴尖轻轻地上下拍打着。珍妮蜷缩成一团，离我很近，我都能闻到她的头发上的一种塑料质感的甜腻气息，这气息和她身上除了紫色脚指甲以外的其他任何东西都不一样。

老虎摆出和狮身人面像一样的姿势，直勾勾地盯着珍妮。珍妮也直勾勾地盯回去。老虎通常不喜欢被盯着看，但珍妮可能构不成什么威胁。她肯定失去了平时的气焰，紧紧抓住我的胳膊，抓得我都疼了。

老虎闭上了眼睛。不知从哪里传来一种低沉的声音，遥远而古老，犹如山峦。声音消失了，但我敢说迪利普还是能听到它。

“老虎要履行一个承诺。”迪利普说话时没有抬头看。老虎的耳朵猛地一弹，脖子绷紧了。迪利普低下头，抬起肩膀。这一定是他们互相交谈的方式。迪利普把手放在老虎身上，他的手看起来很小。老虎蠕动着。我不确定我们是否应该在那里。也许整件事太危险了——不是老虎本身，而是这股魔法力量。迪利普的小手放在老虎身上，老虎就安静下来了。他的耳语和触摸就像咒语。接着又是一段长时间的沉默。

迪利普最后开口：“有人偷猎了这只老虎，当时老虎要去做一些重要的事情。它在去做重要事情的路上被击毙了。”

我打了个寒战，珍妮喘着粗气。显然，它是被枪杀的。这是我们早就知道的——任何人都能看到它的毛皮上有一个弹孔。而且它也不是充满活力的，大部分时间它都像一张薄饼，平躺在地板上。但我们还是被震惊到了，尤其是对“偷猎”这个词感到不安。

“它当时要去做什么？”我问，“重要的事情指的是什么？”又是一段长时间的等待。

“一条信息，它想给别人传递一条信息。”迪利普抬头看着我，“它答应传递给某人一条非常重要的信息，但它在履行诺言之前就被枪杀了。”

“这条信息是给谁的？”珍妮大胆开口问道。

“它不知道名字，它不记得名字这类的事情。”迪利普停顿了一下，“在履行完诺言之前，它不能瞑目。它希望我们帮助它履行诺言。”

我看着老虎，它的眼中倒映着火光。我感到难过，因为这个故事很悲伤。但在我的内心，另一种火在燃烧。我站起来，轻轻地走到门口。我打开一条门缝，确认纳尼吉仍在视线之外，然后小心地把门合上。

“我们没有选择。”我说道。我看着老虎，我的声音变得越来越大。“我们必须帮它。”

珍妮尖叫着表示同意。突然，我们开始滔滔不绝，筹谋策划起来，笑声连连。

“我奶奶可以帮忙，她有很多好主意！”珍妮说。

“这是一个绝妙的计划！”迪利普同意。

“我不太确定，”我压低了声音说，“把大人牵扯进来可能会带来一些风险。”

“你说得对，我们可以自己解决！”珍妮再次尖叫道。迪利普开始手脚并用在地板上蹦蹦跳跳，像野兔一样向前蹦。珍妮为他鼓掌。我们一直说着，没有注意到我们的声音越来越大，没有注意到走廊里传来的脚步声，也没有注意到会客室的门被打开了。

好在什么动静都很难逃过老虎的耳朵。只要听到任何暗示危险的细微动作，老虎就会把耳朵转过来，高高竖起。因此，当门打开时老虎已经缩了回去，躺平在地板上。迪利普转过身来，头晕目眩、跌跌撞撞地径直撞进纳尼吉的怀里。

“迪利普，小心！”她用印地语训斥道。我们的目光都投向了老虎。在看到它变回地毯躺在地板上时，我们都松了一口气。“你们太吵了！”纳尼吉继续说道，“我在房子的另一边都能听到你们的声音。你们在玩什么呢？”

我们同时嚷嚷道：“摔跤！”“蜘蛛侠！”“捉老虎！”

我不知道纳尼吉是生气了还是没生气，大人们有点儿喜怒不定，一点儿都不像老虎那样。你拿得准你和老虎的关系是怎样的。纳尼吉走到窗前，拉开窗帘。“超级英雄在和老虎玩摔跤？”她一边微笑着说，一边推开了玻璃门。“你们出去玩吧，”她用印地语说，“告诉珍妮，她是时候回家找自己的奶奶了。”

我们不情愿地离开了。迪利普是最后一个走的。他在门口徘徊，看着地毯。我估计他是在想他的耳语和魔法。珍妮抓了我一把，然后跑开了。

“就按照你说的办！”

在接下来的几天里，我们发现，聚在一起制订计划几乎是不可能的。首先，有人来拜访珍妮和她的奶奶，她不能来我们家。然后妈妈偏偏此时决定改造会客室，我们甚至不能和老虎说话。我们把鹿角、雪貂和猫头鹰标本，阅读灯和扶手椅都搬了出来。墙上的照片也被取了下来，深绿色的墙上留下一个褪色的方形印记。所有的东西都装在箱子里，准备送去参加义卖。这些东西不包括壁炉架上的旧钟（妈妈已经把它修好了）和虎皮地毯。

经过会客室时，我看到妈妈和爸爸站在地毯上，我无意中听到他们说了一些话，比如“我们必须拿走它”和“越快越好”，我便躲到门后偷听。

“这个人说他会出很多钱？”妈妈在问。

“对的，对的，他愿意花很多钱把它买下来，”爸爸回答道，“他说他找像这样的虎皮地毯已经找了好一段时间了。”

我心里一沉。有人想买虎皮地毯。我们必须阻止他们。

“我说过吗，他还是印度人呢。”爸爸正说着，“而且他很有个性，留着长发，全身除了皮夹克上绣着的一条银蛇外都是黑色。我敢打包票，纳尼吉看到他的话，肯定会对他闲言碎语的。我告诉他，我回头和他说我的决定，因为我得先和你商量好。”

如果妈妈和爸爸把地毯卖了，老虎和它的承诺会怎么样？穿“蛇夹克”的人会把老虎带到哪儿去？不仅如此，如果“鬼”不见了，我又怎么能说服妈妈和爸爸带我们回印度呢？

7

共商大计

会客室里没有那些阴暗的、新奇的东西之后，看上去明快轻松了许多。我和虎皮地毯一起坐了一会儿，想起妈妈和爸爸之前说的话。我抚摸着老虎的脸。我决不能让他们卖掉它。如果他们计划尽快把它卖出去，我们就必须尽快采取行动。

“我们会帮助你的，我们会的。”我对老虎耳语。它动了吗？有什么动静吗？一切只是我的想象。我用手捋顺地毯，从老虎的脖子到它毛茸茸的、发育不良的尾巴。地毯的后面破旧不堪，后半部分已经磨损。我抬起一个角，想看看另一边是什么样子，想象着它可能是结实的皮革。但恰恰相反，它的背面是绸缎面料。

虎皮地毯边角有一个又粗又松的线头，我忍不住扯了扯它，但它扯落下来的面积比我想象的要大。我顺着边角往上看，想看看我扯坏了多少。然后我发现，一张褪色的标签被生锈的订书钉固定着。

由伦敦乔·埃克斯拍卖行出售

伦敦。乔·埃克斯。我再看了一遍那张标签，思考着它的含义。这块地毯一定是在伦敦被拍卖出去的。不管乔·埃克斯是谁，他肯定能告诉我们老虎是从哪里来的。我放下地毯的一角，跑去告诉其他伙伴。

我吹起口哨，把迪利普从树屋角里叫下来。在去珍妮家的路上，我们匆匆忙忙地向斯特林先生挥手打招呼。珍妮在外面清洗奶奶的车，做这些事她可以得到几英镑①的酬劳。

“我们得去伦敦。”我告诉了他们妈妈和爸爸不想要地毯，还有地毯上的标签和乔·埃克斯拍卖行的事。珍妮放下她的水桶，向斯特林先生点点头。

“斯特林先生有一整套地图。我可以向他借一些。”

“太棒了。”我回答道。

珍妮说：“你再了解了解关于乔·埃克斯的信息。另外，不要告诉任何人，这件事我们都要对其他人保密。”珍妮用

① 货币单位，1 英镑 ≈8.2 元人民币，参考 2023 年 1 月汇率。

食指在胸前画了个十字。“以你的生命起誓，你不会告诉任何人。”

迪利普也用手指在胸口比画着十字。他们俩都看着我。我不情愿地发誓，如果秘密泄露出去，我就死定了。

❁❁❁

当他们俩走去公园时，我回去和爸爸待在一起。

“爸爸，我可以上会儿网吗？”

爸爸坐在阳台上的一把旧摇椅上摇来摇去。

“干什么？”

“我想找个人。”我含糊地回答，不想透露任何关于乔·埃克斯拍卖行的事。“我想看苏格兰是否还有……其他叫帕特尔的人……”我嘟囔着。

爸爸像吓人小丑一样突然蹦了起来。他最喜欢的消遣就是在网上搜索人们的家谱，尤其是像我们这样来到英国的印度人的家谱。

“苏格兰还有其他叫帕特尔的人吗？还有别的帕特尔吗？孩子，有几百个！有好几代人呢！”他激动地看着我，大喊大叫道，“全世界都有叫帕特尔的人！”

我现在不是很在乎帕特尔——我想了解的是乔·埃克斯（而且他说的是真的吗？到处都有叫帕特尔的人？到目前为

止，我在新家所在的镇上还没有看到一个印度人呢）。爸爸又大叫起来：“哦，这太令人兴奋了！我告诉你，拉尔，我正在建一个在线数据库——一个叫‘印度人的祖先是谁以及他们都生活在哪儿’的数据库。”

我对爸爸这个名字听上去很拗口的数据库感到惊讶，并且很高兴纳尼吉没有在这里，不然她肯定会朝他咬牙切齿。

“主页上一目了然，快点开看看！所有在英国的有名的家族，他们的姓名、地址，一切都在上面！去吧，我同意了，快去，如果你正在搜寻某人，搜寻帕特尔家族的人，那么快去吧，记得告诉我你有没有成功！”爸爸伸出手来习惯性地揉了揉我的头发，“你可以去上网了，你知道该怎么做的，对吧？你知道步骤。”

“好的，爸爸。”我有点儿内疚地回答道。爸爸重新坐了下去，为他的大儿子显然和他一样热衷于印度家谱而感到高兴。

爸爸的笔记本电脑外观很时尚，带有背光键盘。我喜欢玩角色扮演，我假装我在一个控制中心，是一个任务的负责人。这次有点儿像真的。我在这方面很在行。主页上是叫“印度人的祖先是谁以及他们都生活在哪儿”的数据库。我忽略它，在浏览器上打开了一个新的网页。我的手指在按键间快速移动，在搜索栏中键入：

乔 埃克斯 拍卖行 伦敦

我向下滚动列表，没有看到任何关于拍卖行的官方网站。乔·埃克斯这个名字有一年出现在《伦敦报》上，也有几篇向顾客介绍埃克斯拍卖行销售清单的文章，但这些链接都失效了。我点击“图片”，出现了一排店面，还有一些古董。但这些链接同样都失效了。

当我点击“地图”时，一个窗口弹出，里面出现了一个小泪滴形状的标记，用来标记拍卖行的地址。就是这里，乔·埃克斯拍卖行。没有网站，仅此而已。（很多企业都没有官方网址，对吧？）放大后，我发现它就在滑铁卢站附近，虽然我不知道滑铁卢站在哪里。一旦我们有了斯特林先生的地图，我们就可以很轻松地找到去那里的路。我满意地关闭网页，退出浏览器，然后注销账号。

“你找到你需要的了吗？”爸爸喊道，“你觉得数据库怎么样？是不是很棒？”

“是的，太棒了。谢谢你，爸爸！”在爸爸抛出更多的问题前，我赶紧离开了。

迪利普一从公园回来，我就把他拖到树屋角。我们在那儿吹着口哨，暗示珍妮加入我们的行列。

“我找到了！”我忍不住将这个消息公之于众，“拍卖行就在伦敦滑铁卢站附近。”

我们讨论着如何去埃克斯拍卖行，以及接下来如何帮助老虎信守承诺。珍妮咯咯的笑声从空中飘下，飘向斯特林先生的方向。

“我会向斯特林先生讨要地图的，”她说，“明早到我家来，我们可以一起看地图，然后制订一个真正的计划。”

“我会把这些消息告诉老虎的。”迪利普点点头。

就在这时，有人从树屋角的另一边经过，沉重的脚步碾进砾石中。

“谁在那里？”珍妮问。

我把手指竖在嘴边。透过林间缝隙，我看到一个黑影在按门铃。

“看！”她戳了戳我的胳膊，“是那个穿蛇夹克的人。”她是对的。那人穿着一身黑衣，衣服的后背绣着一条闪闪发光的银蛇。我的心一沉。他一定是来买地毯的。

妈妈开了门。

“我们必须阻止他。”当他和妈妈站在那里聊天时，我说。那是傍晚时分，蠓虫出没，叮咬着我们的膝盖和手肘。“走吧，”当其他人还在那儿一动不动时，我催促道，“我们走吧。”但这时候，那人正准备离开我们家，他并没有带着地毯。珍妮把我拉回树林里躲了起来。我们试图更仔细地观察他，但他的脸被齐肩的头发遮住了。

“这件事比我想象的要紧急得多。”说话间，那人消失在了我们的视野中。

“我们要做的第一件事，就是明天早上见。”珍妮欣慰地笑了笑，沿着一根粗树枝攀爬，蹭着篱笆溜了下去。然后，迪利普和我爬下摇摇晃晃的梯子，跑回屋里查看老虎。

❁ ❁ ❁

第二天，我无法聚精会神，早餐后帮纳尼吉洗碗时摔碎了两个盘子。纳尼吉对我啧啧了几声，然后脸上带着笑亲吻了我。我们现在的身高一样高。她让我和迪利普自己去玩。

当我们敲珍妮家的门时，珍妮的奶奶招呼了我们。

“啊，帕特尔家的孩子们！进来吧，小伙子们。自从公鸡打鸣之后，珍妮就一直在家里到处闲逛等着你们呢！”

珍妮奶奶风趣的话让我大笑。我们在印度的时候，邻居的院子里也有一只公鸡，每天早上五点准时啼叫。谢天谢地，这儿没有这样的公鸡。那只公鸡可不在我怀念印度的范围之内。

“你们怎么花了这么长时间？”珍妮蛮横地说。

“我们得先洗碗。”我解释道，把鞋子脱下来。

“珍妮，你听到了吗？”奶奶点头表示赞同，“这些男孩早晨帮他们外婆洗碗呢。也许你应该试试。啊哈，你今天吃完煎饼之后就可以去洗碗。”

珍妮的眼睛里朝我射出一道利箭。她拖着迪利普穿过客厅去她的卧室。

珍妮的卧室又小又乱。衣柜中间的一个抽屉开着，衣袖都悬在外面。珍妮顺着我的目光，看向一个看上去有年头的薯片包装袋，她把包装袋揉成一团，扔向一个堆满废纸的垃圾桶。她没扔准，耸了耸肩。

“我拿到地图了，”她兴高采烈地说，身体向后仰，倒向床上，“你们能看懂地图吗？我看不懂。虽然我以前去过伦敦，如果这能帮得上忙的话。”

地板上一本打开的绘本旁放着一摞堆成高塔的橙色和灰色的折叠地图。我伸手拿了一张。

“我们不需要地图，”迪利普回答，“老虎会把我们带到那里去。”

“什么？”我抬头，“不，迪利普，不行。老虎不能和我们一起去。”另外，我已经制订了一个计划：研究地图，获取火车时刻表，了解票价，安排住宿地点，等等。老虎决不能跟我们一起去。

迪利普说：“老虎肯定会和我们一起去，它可以想起它走过的路。”

从我和阿杰的速记游戏中，我知道老虎对路线有着惊人的记忆力。如果它们以前去过什么地方，它们常常能找到回去的路。但是这只老虎呢？它可是一只空有皮囊的“鬼”老虎，真的能把我们带到数百千米外的未知地点去？

“老虎要我们相信它，”迪利普尖声说道，“它问我，不，是我们，想要什么作为回报。我不知道珍妮想要什么，但我告诉它我们想回家。拉尔，老虎答应了，如果我们帮助它，它会带我们回家。”

迪利普脸上闪过一丝希冀和渴望。我们都很想回到印度。我都可以想到阿杰看到我会多么惊讶，我们能再相见会有多好。

虽然迪利普看起来比平时还要幼稚些，但他非常信任老虎。我叹了口气。老虎能怎么带我们回家？这是不可能的。

“我想我们无论如何都应该看看地图，”我说，“那样的话，如果老虎迷路了，或者……”发生更糟的情况，“它被人发现了。我们必须提前考虑。珍妮，我们需要你的零花钱，所有的零花钱。”珍妮点点头。

“但是老虎说——”迪利普喊道。

“老虎不能信守这样异想天开的诺言，迪利普！”

珍妮跳了起来，说道：“为什么不呢？你太独断了，拉尔。”

“我独断？我，独断？”我冲她大声喊道。

“是的，就是你。你是——”

走廊里响起一阵嘎吱声，一个声音传来：“珍妮，一切都好吗？”

“是的，奶奶！”珍妮走向我，压低了声音说，“听着，拉尔，带你们回家并不是老虎做出的第一个异想天开的承诺。它现在就在遵守诺言。在它的诺言兑现之前它都不能瞑目。另外，你们会回到印度的家里的。这是值得让我们相信它的另一个理由，”她笑着看向迪利普，“回家是一个很好的回报。”

我怒视着他们俩：“迪利普，老虎还说了什么？”

“它说我们今晚十一点在会客室见。”

“今晚？”珍妮喊道，“等等，等等，我该怎么告诉奶奶？你爸妈如果早上发现你们不在家，他们会怎么办？肯定会来找你们的。我们不能在半夜逃跑！”

我翻了个白眼，但迪利普没有犹豫，老虎已经给了他所有问题的答案。“时间自有安排。”他说话时，就像老虎在说话一样。房间里充满了魔法能量，就像这些话语有魔法一样。时间自有安排。

“这是什么意思？”

“我们怎么确切地知道要去哪里？”我逼问道。

迪利普说：“老虎会带走我们。”

我的愤怒刺透了那股魔法的神秘感。“迪利普！老虎究竟怎么知道该去哪里？我们究竟要怎样才能和一只老虎一起出发？”

“老虎就是那样说的。”迪利普坚持道。

奶奶从房子里的另一侧叫道：“煎饼！”“来了，奶奶！”珍妮喊道。她转向我说：“那么，我们该怎么办？我们十一点见面吗？拉尔？我们要去伦敦吗？”

我吸了一口气。如果老虎能把我们带到那里呢？如果它真的能带我们回家呢？毕竟，它是有魔法的。迪利普和珍妮看起来不像我那么害怕。

“好吧。”我平静地说。珍妮走上前，紧紧拥抱了我。

她和迪利普蹦蹦跳跳地走出房间，我听到奶奶问他们：“你们在商量什么大计呢？”

我快速地翻阅了地图，浏览了一眼标有灰石之家位置的地图。这儿还有一张折叠的伦敦市地图，我把它塞进了口袋——以防万一。走出房间时，我小心地把薯片包装袋放进垃圾箱里。然后我一路小跑去吃煎饼，听奶奶讲了一个故事，这让我不再去在意迪利普的说辞和即将到来的夜晚。

8

飞进黑夜

我们在床上一直等，等到房子终于安静下来。还有一会儿就要到十一点了，我们踮着脚尖沿着走廊走到玄关，穿上运动鞋，在我们的格子睡衣外套上运动裤和夹克。当我们穿过带穹顶的走廊进入会客室时，我的心里波涛汹涌，和板球比赛开始前一样。

虎皮地毯一动不动，毫无生气。迪利普悄悄走过去，抱住了它抬起的头。他跪得很低，开始低声耳语。窗帘微微飘动，好像有微风吹过。我屏住呼吸，看着老虎开始闪烁和扭动。我一直看着，它的眼睛、脸和四肢开始散发出生命的光芒和张力。它就在我们面前像往常一样伸展四肢和打哈欠，舔舐自己闪亮的牙齿。

“到时间了。”迪利普说。

我仍然不相信我们的计划（或者说压根没有计划）会成功。我在口袋里摆弄那张折叠的伦敦地图。

“但如果……”我有太多的“如果”不知从何说起，“也许我们应该谈谈旅程？也许我们应该先绘制路线图，然后规划途中的停靠站？也许……”

老虎咕哝着。老虎只说“是”或“不是”，从不说“也许”。

迪利普耸耸肩。

“该走了，拉尔。”

我放弃了，我不能和老虎据理力争。壁炉台上的钟敲了十一下。我检查了一下我的电子手表，在我将手表时间调准到“23:00”时，我的手指都在流汗。迪利普打了一个嗝。他大口大口地呼吸着空气，好像在大口大口地喝番石榴汁一样。他总是在紧张的时候那样做。打嗝缓解了紧张的气氛。我打开玻璃门，让老虎走出门，走在我们前面，我们踏进了凉爽明亮的夜晚。珍妮如期而至，朝我们冲了过来，两个口袋鼓鼓囊囊的。

“大家好，我带了一些零食来。”

“好主意。”我低声说。老虎蹲了下来。我帮助其他两个人坐了上去。珍妮坐在前面，迪利普坐在中间，我自己坐在靠近尾巴的一端。现在老虎又变成了动物的模样，它的皮毛也不再枯燥和磨损了。它浑身散发着光泽，我们几乎都抓不紧它身上的一些部位。

“我们坐上来啦。”我说。我拍了拍老虎，它站了起来，背部左右摇摆。坐在老虎的背上，你才能体会到一米有多高。我感觉自己正坐在世界之巅。

“这感觉和骑马一样！”珍妮说。这感觉和我们曾经在印度度假时骑小马驹的感觉差不多，老虎的步态和小马驹也没什么不同。不过，从它宽阔的肩胛骨上看过去，相比于小马驹，老虎的背部出奇地窄，脊部的骨头也更突出。

“我感觉自己像莎克蒂。”迪利普低声说。

“在印度教故事中，莎克蒂代表一种力量，”我向珍妮解释道，“她骑在老虎背上打仗。”我明白迪利普的意思，他指的是那种强大而优雅的感觉。

现在，在花园里，老虎悄悄地爬到草地边缘，在松软的地面上几乎没有留下爪印。老虎沿着弯曲的树篱绕过秘密花园。夜深了，但外面的天仍然很亮。在印度，这个时候早就是漆黑一片，但在这里，在这个奇怪的国家，太阳还没落多久，天空仍然是一片水蓝色。云朵像白色箭头一样穿过天空。

秘密花园在暮色中显得与众不同。灰暗的阴影潜伏在角落里，池塘里溅起水花，灌木丛里沙沙作响，夜行生物和青蛙四处走动。珍妮通常会神经过敏，迪利普可能会呜咽害怕，但他们这次都没有发出声音。老虎走到花园中央，踩到了石头圈上。我不想冒犯它，但它难道不知道怎么出去吗？大门在树屋角的尽头，而不在这片乱糟糟的菜地里。

“我带你去大门，好吗？”我问，“大门通向外面的大道。”

老虎的耳朵向后竖起，发出一种有点儿像发动机转速的噪声，这种噪声听起来不太友好。

“我们不走大道。”迪利普说。

“但真的没有别的路可以从这里出去了，我们的房子后面除了树林和小山以外什么都没有。”

老虎转过头，怒气冲冲地喘着粗气。

“这条大道不是出城的唯一道路。”迪利普回答说。我不知道老虎究竟有多聪明，它的魔力究竟有多大，于是我提出反对意见。

“但我看了斯特林先生的地图，”我坚持说，“这条大道是唯一的路。”

老虎发出急促的呼噜声，这是一种老虎告诉你要和它保持距离的方式。当老虎向后移动后腿，把头埋在肩膀上时，我声音低了下来，身体左右摇晃。我们的肘部和脚踝向老虎贴紧。这只大老虎在原地抽搐了好一会儿，好像要扑向想象中的猎物。它的臀部颤动。突然，它迅速地向前跳起，用强壮的后腿推动，我们蜷缩膝盖，屏住呼吸——我们正一步步往空中去，不断往上，往上。

我喘着粗气，胃里已经排山倒海。我蜷缩着身子靠着迪利普，只敢眯着眼睛往外看。我们飞过房屋、街道、学校、田野。我们飞得很高，下面的农场看起来像迪利普的玩具农场，像珍妮的绘本，像梦境一样。我紧闭双唇抵挡冷空气。

“看！看老虎！”珍妮尖叫着。

我不需要看，我能感觉到老虎在变形。这一次，它从我们身体下面变形，再次变成一张平铺的地毯。这让人毛骨悚然，但我们的手仍紧靠着老虎厚实、有条纹的皮肤。

珍妮笑着说：“真是一张魔毯！”她把我们聚拢在地毯中间。我从没想过她会那么勇敢，毕竟她总是尖叫和倒吸气。珍妮在常青树顶上的画面在我脑海里一闪而过，我记得她第一次看到老虎时并没有惊慌失措。现在，她在这里，我们都在这里，一起飞翔，飞入昏暗的光亮中，远离地面，不知道我们要去往何方。当我们向前冲的时候，我们的笑容消失了，我的眼睛开始被泪水刺痛，尽管我没有感到悲伤、遗憾或酸楚。

“闭上眼睛！”我向其他人喊道，但我的话被风吹得乱七八糟。我弯下腰来靠得离地毯更近些。“闭上眼睛！风太大了！”

我们闭上了眼睛，像双目失明、只能听声辨位的蝙蝠一样飞进黑夜。

9

滑铁卢站

“拉尔！珍妮！我们落地了！醒醒，我们落地了！”

我们脚下是又硬又冷的地面。虎皮地毯搭在我们的肩膀上，虎头在阴影中一动不动。我睡眼惺忪地抬头，望向空荡荡的铁路站台，又望向站台上方，那是一个由白色钢筋和玻璃窗组成的结构，鸽子的粪便在顶部留下点点印记。站台的另一端是一个未开放的售票处和一个空荡荡的咖啡馆，椅子堆放在一块儿，用链条锁着，以防被小偷或大风带走。

在一个巨大的路标上，写着一行有蓝色环边的白色字：

欢迎来到伦敦滑铁卢站

我推了推迪利普，指着路标说：“伦敦！滑铁卢站！我们成功了！我们到伦敦了！”我们把珍妮摇醒。

她露出睡意蒙眬的微笑，耸起肩膀点点头。“嗯嗯，是伦敦。”

虽然时间很早，但太阳已经升起了。第一列火车很快就要到了。乘客会鱼贯而入涌进站台。

“我们该走了，”我说，“我们该叫醒老虎吗？”迪利普和珍妮耸耸肩。他们在不知道该怎么做的时候，总是希望我能拿主意，然后在我告诉他们我的想法时，他们却说我专横——明明珍妮才是那个专横的人。我不知道伦敦市中心出现一只活老虎会怎么样。也许最好还是让它保持地毯的形态吧。我们在站台坐了好一会儿。

珍妮翻着口袋里的东西，掏出几块压扁的方形饼干和三块焦糖饼干。黄油搭配巧克力使饼干尝起来特别美味，但依然让我觉得离灰石之家的食品储藏室——里面全是纳尼吉的印度甜品和香料——很远。

“老虎要吃什么呢？”珍妮问，“我会把最后一口留给它。”

“老虎有魔法，傻瓜。它不需要吃东西。而且，老虎才不喜欢吃巧克力饼干呢，它们喜欢吃卷发的女孩！”站台上回荡着迪利普叽叽咯咯的笑声，紧接着传来另一种声音，是脚步声。

脚步声很稳健，离我们越来越近。一个穿着制服的大个子男人出现在我们眼前。

“嗨，你们好，这是什么情况，嗯？”他不耐烦地说，然后自问自答，“三个失足少年，就是这样。这可正是我早上最想看到的情况。”

珍妮拖着脚走到一边，巧妙地遮住了老虎下垂的头。

“拉尔，他是谁？”迪利普问得有点儿太大声了，“他叫我们什么？”

“告诉你吧，孩子，”那人粗声粗气地说，“我是车站客服经理。我想知道的是，你们是谁？”

迪利普又紧张得打嗝了。珍妮发出了奇怪的、喘着粗气的笑声。她的脸变得有点儿粉红。那人变得更不耐烦了。

“哦，我明白了，你们是那种脸皮厚的小孩，是吗？我觉得你们可能需要帮助。”

我站起来，以示对客服经理的礼貌，这位客服经理似乎对顾客不太友好。我拉住珍妮，让她也站起来，她把迪利普拉了起来。

“对不起，先生，”我说（在印度，我们称成年男性为“先生”，有时特别用来称呼那些很刻薄的人），“我弟弟只是想知道你所说的‘失足少年’是什么意思。我想——”

“它的意思是‘罪犯’，”他打断了我，“我想知道你们三个犯了什么罪。”

我试着说话，但我的喉咙就像卡了一只牛蛙。迪利普打了个嗝，珍妮又咯咯笑起来。那人舒展了肩膀，摆出一副正经的模样，理了理衬衫袖口。

“好吧，你们都跟我去警察局。”

“但我们没有做错任何事！”珍妮愤怒地说。

这个男人没有理睬她。他指着虎皮，因为距离不够近，他没看见虎皮条纹和阴影中的虎头。

“带上你们的东西。来吧。”我们互相看着对方，看着地毯。我们不能把老虎留在车站中央。“你们在等什么？”那人喊道，在前面踱步。

“我们试试带着它走吧。”珍妮小声说，她抬起地毯的一个角。迪利普蹲下，抬起了另一个角。我们能怎么带着它，还不让人发现它的秘密？我抓住老虎的下颌，把它的头抬起来。它并不重，只是令人难以掌控。我试着用夹克盖住它。迪利普抬着的那个角下垂，我们很难保持同步。珍妮被绊倒了，把她手里的那一个角松开了，迪利普也松开了手。

客服经理转过身来，向我们走了过来。

“来吧，快点儿。那是什么？嗯？那一捆东西是什么？是你们偷的东西，对不对？现在你们被抓住了，你们还以为可以把它藏在我这里，嗯？”

我的拳头紧紧地环在老虎身侧，但是珍妮率先爆发了。

“不，你说得太刻薄了！我们没有要把它留在这儿，也没有偷任何东西！”她哭了，“你全搞错了！”

经理猛地转头看向珍妮。珍妮缩成一团尖叫着，好像那个男人要打她或打什么可怕的东西。在他还没来得及采取任何行动之前，老虎以比眨眼还快的速度从冰冷的地板上嘭地升起，变成一副高大、吓人的模样，朝着这个粗鄙的男人咆哮起来。他大喊一声，像卡通里的恶棍一样，一路跑到售票处，我们听到了他把自己锁在里面的声音。

珍妮控制住了自己，用一种令人窒息的力量猛地抱住了我。她也拥抱了迪利普，然后开始亲吻老虎的胡须脸。“哦，谢谢你！”她一直在说，“我被吓了一大跳。谢谢你！”

老虎低下头，但尾巴仍在身后摆动。我扫了一眼车站，确认周围没有其他人。那个客服经理可能在报警……我们没有时间站在那里拥抱。老虎嗅着空气向前潜行。周围阳光刺眼，传来阵阵城市特有的噪声。老虎走到站台边缘靠近铁轨的地方。它似乎在向我们下命令：跟我来。我非常同意，我们是时候回到正轨了。

10

一团糟

我们一直贴着老虎前进。它从站台边缘跳到了铁轨上，四肢矫健有力。我们弯下身，跟着老虎沿着粗粗的铁轨小跑，跑到两列停着的火车中间，在两列车的车厢之间排成一列前行。

我们到达了火车另一头，铁轨向明媚的阳光延伸、敞开。一开始，这座城市寂静而困倦，但现在，到处都是咔嚓声、叽叽喳喳声和引擎加速声，人、汽车和自行车的声音沸反盈天。伦敦正在苏醒。

这条铁轨位于一座两侧被围起来的高桥上，高于街道。高楼大厦的大窗户可以俯瞰这条铁轨，所以我们无处可藏。我想，那个客服经理现在肯定已经联系警察局了，或者联系了动物园或报社？

突然，一列火车的引擎发出隆隆声。老虎向上伸长脖子，嗅着空气。它向前飞奔，越过一个拴在墙上的金属逃生梯，消失在另一边。

“走快点儿。”我发出嗞嗞声催促道。我们爬上逃生梯。梯子没有伸到地面，所以我们不得不从高处跳下来，还得避免落在泛着油光的水坑里。迪利普拍了拍我的肩膀。他看起来快要哭了。我看着珍妮：“我们在哪里？”

“我哪儿知道。”她耸耸肩。老虎再次嗅了嗅空气，然后钻到桥下一座拱门的阴影里。我们跟着它，老虎站在阴影里，伸着鼻子示意我们快点。我们终于站在水泥铺就的广场上，这儿周围都是铁丝网。我看向老虎，寻求更多的指示，但它又溜进了黑暗中。

铁丝网外边、马路对面是一家脏兮兮的咖啡馆，提供热腾腾的食物。我的肚子咕噜咕噜叫着。这很正常，现在是早餐时间。

“朋友们，我想老虎是在告诉我们该吃饭了。”我们像老鼠跑向奶酪一样匆匆穿过马路，推开了街道上那扇摇摇晃晃的门。

咖啡馆里散发着培根的味道。柜台里摆满油腻的馅饼和高糖的蛋糕，一位瘦削的女士站在柜台后面，用围裙擦着手。

“想吃点儿什么？”

珍妮指着菜单上的食物，菜单是时下流行的层压板制成的。我们一致点头。

“三个煎蛋卷、三个草莓馅饼和三罐可乐。”珍妮说。

“你们有现金可以支付吗？”这位女士问道，上下打量着我们。

珍妮点点头，凑齐了足够的零用钱来支付。我们坐在高高的凳子上，靠在一个沿着窗户伸展的吧台上。早餐来了，我狼吞虎咽地吃了下去，我吃得太快了，以至于肚子都开始疼了。这真是解决了我们的燃眉之急。我伸着懒腰，看了看手表上的时间——08:00。

时间还早，但我们没有时间休息。老虎在马路对面的拱门下躲了起来。现在它已经离开了灰石之家，不知怎的，它看起来更狂野了。虽然它在照顾我们，但我们有时也在照顾着它。

我沿着街道上的商店往远处看。有一家洗衣店，一家关上了百叶窗的博彩店，一家霓虹灯上闪烁着“漂亮美甲”字样的美容院，还有一家大门被木板封起来的商店。慢慢地，我明白了为什么老虎把我们带到这条街上来。它不是让我们来这儿吃早饭。老虎以前就来过这里。那间商店上方写着一行褪色的文字：

乔瑟夫·埃克斯拍卖行

我把那行字指给其他两个人看。珍妮把这个名字念给迪利普听，他差点儿从凳子上摔下来。

“哇！拉尔，这是不是那个乔·埃克斯？”

“是吧，我们过去确认一下。”我边说边把凳子往后挪，站了起来。珍妮掸掉迪利普身上的面包屑，命令他去洗洗他那张黏糊糊的脸。她脸上也沾上了草莓酱，头发看起来像鸟巢。我们看上去都脏兮兮的，难怪柜台上的女士对我们不屑一顾，站台的客服经理觉得我们惹了麻烦。我们离开了咖啡馆。

虽然我根据照片就辨认出了这家店，但它并不像在网上看到的那样明艳，也没有营业。现在还早，但埃克斯拍卖行看上去很长时间都没营业了，也不像马上要营业的样子。窗户上涂了一圈圈白色油漆，透过缝隙，我们可以看到里面有一架梯子，墙壁光秃秃的，地板上有一些纸箱。柜台后面是一个木制橱柜，里面有一些奇怪的东西——银器，一个小丑陶瓷像和一只钟。这只钟和灰石之家会客室里的钟长得很像。时间在流逝，而我们只找到了一家倒闭的商店。

珍妮吹了声口哨：“我们该怎么办？”

“去问问别人？”我回答道，“邻居可能知道乔瑟夫·埃克斯现在在哪里？”

洗衣店和博彩店还没有开门，但那家叫“漂亮美甲”的美容院里亮着一盏昏暗的灯。标牌上写着“未营业”，但我们能看见有人影在里面走动。我敲了敲玻璃。没有人应答。珍妮更大胆，她走上前去，转动门把手。当她推开门时，挂在上方不知哪儿的一个铃铛叮当作响。

一颗裸露的灯泡在天花板上晃来晃去。两张桌子是用来修指甲的，客厅里的一整个角落都是用来放假发和做接发的。一张宣传“非洲风格”的海报上面标着价格。一面墙上印有加勒比海地区旗帜和英国国旗。店里的珠帘后面，一个穿着橙色连衣裙的高个女人，背对着我们走了出来。她拿着一个托盘。当她转过身来看到我们时，差点儿松手把托盘摔了。

“哦！”她尖叫道，“我不知道你们在这里！我没有听到门铃的声音！”她的口音和旗子倒是很相衬，混杂着不同地方的口音。“不好意思，不好意思，我正给自个儿倒茶呢。”她随便地把托盘放在一堆美容杂志上。“你们来这儿干什么？”她一边问，一边整理着她缠起来的头巾，“我们还没开门呢。你们需要我帮忙吗？”

“嗯，我们想了解那间老拍卖行的情况，”珍妮说道，“你知道店主人在哪儿吗？”

“乔瑟夫·埃克斯，”我补充道，“我们得找到他。”

那个女人一屁股坐在美容椅上，牢牢地盯着我。她比第一眼看上去年纪要大。她的眼周布满了皱纹，头巾下蹿出了白色的头发。

“这样啊，这样啊，”她轻声说，“老乔，我叫他老乔。他是我的一个老朋友。”我期待地握紧拳头。她抬起头说：“他恐怕帮不了你们了，因为他几年前去世了。”

这些话就像荨麻刺一样，一开始尖锐地刺伤了我，然后带来灼烧感。乔瑟夫·埃克斯死了。那我们现在该怎么帮助老虎呢？我环顾四周看了看其他人。那个女人站起来，走向珍妮，轻轻地抚摸着她的头发。

“你的头发真好，我的孩子，像金子一样美丽。我来给你梳头吧。来，坐下。”她把被震惊到沉默的珍妮拉到角落里，让她坐在镜子前的转椅上。她开始用粗大的手指拨弄珍妮的头发。在我看来，珍妮的头发更像稻草，而不是金子。

“你们想找老乔干吗呢？”那个女人一边从镜子里看向我，一边开口。

“他手里有我们需要的东西。”我谨慎地开口。

“你们需要的东西？你们为什么需要他手里的东西？”女人的眼睛闪闪发光。她拿出一把梳子，在珍妮的“稻草堆”里梳理。

“因为我们要帮助别人。”迪利普说。

我轻轻地推了推迪利普的肩膀，不想让他透露太多信息。“还有帮助我们回家。”他补充道。理发师停下给珍妮梳头的动作，抬头看看迪利普，又看看我，好像和我们很熟一样。

“回家？你们迷路了吗？”

“没有，我们只是想家了。”

“好吧，能让你们离家更近的东西肯定是好东西，”她叹了口气，“我也想家。我还没能回家呢。”

“什么意思？”迪利普问道，“你住在你的店里吗？”

那女人笑得花枝乱颤：“不，孩子！我住在一个普通的房子里。但我还没有回过非洲呢。”当她说“非洲”这个词时，她的眼睛睁得大大的，眼珠鼓起，好像这个词听起来很神秘。“非洲是我的家乡。”她娓娓说道，“我出生在伦敦，在这里出生并长大。很久以前，我父母的曾祖父母作为奴隶从非洲被运送到牙买加，后来我父母又从牙买加搬到这里——我是一只变成蛹的毛毛虫。总有一天我会去往我的家乡，命中注定我要成为一只蝴蝶。”

“乔瑟夫过去总说我已经是一只蝴蝶了，我只需要展开翅膀。”她自顾自地咯咯笑着，又拽了拽珍妮的头发。珍妮大叫起来。“对不起，孩子。你的头发实在是一团糟。”

一切都是一团糟。事实就是，我们的线索又断了，陷入令人绝望的迷茫中。那个正为珍妮扎马尾辫的女人，在我看来，一点儿也不像蝴蝶。

“不过，你们可能还是可以找到你们需要的东西，”她叹了口气，“埃克斯在几年前，也就是他去世前的几个月，关闭了这里的商店，但他的家人在柏金黑麦站的黑麦路开了一家不错的小画廊。它还在营业。店老板是埃克斯的女儿。”她摇摇头，又咯咯笑了起来，念叨着“老乔”。我想，她有点儿疯狂，就像一条微笑的鳄鱼。她摇摇晃晃地走到门口，瞥了一眼托盘上的杯子：“我的茶凉了。”她把门打开时，门铃又叮当作响。

其他两个人走在我前面。就在我离开店里的时候，她抓住了我的上臂。“你们知道吗，老乔喜欢谜语，但他把谜语的答案都带到了坟墓里。你们不是唯一在寻找答案的人。”我看起来一定很害怕，因为她松开了手，笑着说，“不要感到失望。这就是我想和你们说的全部内容了。”

我仓促一笑，快速离开了她的店。“你没事吧，拉尔？她和你说了什么？”当我们穿过垃圾堆和蒲公英丛回到老虎身边时，珍妮问道，“她说的‘你们不是唯一在寻找答案的人’是什么意思？”

我没有回答，脑海里翻来覆去地想这些事。离开美容院让我松了一口气，但我有一种挥之不去的预感：我们还会再和这个女人相遇。在桥下的一堆遮风板后，老虎急切地抬起头来。当迪利普摇摇头时，老虎又垂下头，把脑袋埋在了爪子后面。

11

标志性的埃克斯

“我们不能放弃，”珍妮抚摸着老虎说，“我的意思是，说不定乔的女儿知道些什么？”

我一直在抚摸口袋里斯特林先生的地图的边缘。

“如果老虎留在这里，”我建议说，“我们可以自己去柏金黑麦站找埃克斯画廊。”我从口袋里拿出地图，“我带来了这个。”

老虎立刻振作起来。它伸了个懒腰，径直走到我面前，用头蹭着我的肩膀。我沉醉在这种感觉中，这是自昨晚妈妈睡前拥抱我以来最美好的感觉了。

珍妮说：“和老虎一起飞是最快的。”

“我们会被抓住的。”我边说边用大块的瓦砾把地图的边角压住。

“你能想象人们看到一只在飞翔的老虎会说什么吗？”迪利普笑了。

“没错。”我严肃地回答道。我在地图上寻找柏金黑麦站。它和我们在泰晤士河的同一边，我猜以迪利普的速度，步行大概需要一个小时。

“那么，我们不能带着老虎吗？”珍妮问。

“不能，我们在车站试过了。它藏在这里会更安全。”

“但是，如果我们需要它的帮助呢？”

我看着老虎。它眨着眼睛，耳朵向后折。迪利普低声对它说了些什么，老虎低下头。

迪利普说：“它会帮助我们的。如果我们被困住了，我会悄悄告诉它，它会帮助我们。”

这次我没有质疑他。我认为珍妮不相信我看地图的能力，但她相信老虎。她搔了搔老虎耳后，它友好地低声叫了叫，几乎像母牛在咕噜叫。我们都笑了。我把地图再次折好，朝老虎点了点头。

“好吧，我们走吧。”我带头说。当我们走到栅栏前，我转身向老虎挥手，它在黑暗中，我们几乎看不清它。

斯特林先生的地图很精美。珍妮和迪利普不知道怎么看地图，但我喜欢这类东西。阿杰在我上次生日的时候送了我一个指南针，我真希望此刻带着它。幸运的是，伦敦的街道有很清晰的路标。此外，我还发现了另一种地图：伦敦地铁线网示意图。

滑铁卢站的另一边是个“管道”一样的站，是通往地下世界的入口，是通往城市地下的地铁网。珍妮买票时，我从柜台的一堆地图中拿到一张免费地图。人们在铺着瓷砖的走道上来来往往，就像一部延时电影。走道与其他走道相连，与自动扶梯相接，通向铁轨隧道。

当我们登上巴科鲁线的一列地铁时，一个微弱的声音告诉我们“小心站台空隙”，这是站台和轨道之间的一道黑线。车厢有黄色的塑料座椅，时常左右摇摆。珍妮找了个座位，把迪利普抱在膝上。我靠着一根杆子站着，当地铁驶出站台时，我感到非常不安，我们正去往错误的方向——向北而不是向南走。

地铁上挤满了周六逛街的人、观光客和商人。一个男人坐在稍远一点儿的地方，拿着一张展开的报纸。我又在想象我们登上头条的样子了（“被老虎绑架的孩子！”）。但封面故事讲的是一场难民危机，人们为了逃避战争和艰难的生活而逃到欧洲。妈妈和爸爸选择离开印度。尽管我不想离开，但我并没有被强迫离开。

我茫然地盯着他，眨眼间，那个人翻了一页，我瞥见了他腿上的夹克。我的心开始颤抖。那人从头到脚都穿着黑色衣服，从遮住他的脸的报纸下边，我可以看到蛇尾巴形状的银色亮片。是他。那个穿蛇夹克的人就在地铁上。他一定在跟踪我们。也许我们在树屋角的时候，他无意中听到了我们的计划。地铁慢慢靠站。我捏了捏珍妮的胳膊，对她嘘了一下。“走，走，下一站下车。”

她惊慌地站起来，迪利普摇摇晃晃地从她膝盖上摔了下来。我领着他们，从人们的腋下钻过，跨过公文包和袋子，走到门口。那人也起来了。他的脸被其他乘客挡住了，但我能看到穿蛇夹克的人正向我们走来。

“怎么了，拉尔？”

“我们被人跟踪了。”我迅速解释了一番。

地铁停了，车门花了很长时间才打开。我们跳进拥挤的人群，手拉手穿过他们。我再次回头时，发现我们离穿蛇夹克的人越来越远了。那人把报纸像桅杆一样卷起，试图穿过人海。我们弯下腰，急忙挤到最近的自动扶梯上。我看到他被人群裹挟住了。当自动扶梯上升时，他消失在我的视线里。

我们从地下出来，穿过车站的旋转门，经过一个咖啡厅和一个花摊，大束的鲜花盛开着。“太贵了。”爸爸在的话肯定会这样说，但我强行将爸爸移出我的脑海。

摊位后面是一些树丛，它们形成了一个完美的藏身之地。我们向树丛扑去，坐在潮湿的草地上喘口气。

“那肯定是他，拉尔，”迪利普的声音太大了，“你觉得，他想从我们这里抢走地毯吗？”

“嘘！”我边说边看向地铁站口。

“他在那儿！是他对吧？”迪利普喊道。这个男子举着报纸抵挡晨光，从一桶桶玫瑰后面现身。我用手肘撞了迪利普一下，他叫了一声：“哎哟！”

“嘘！”

那人看过来了，但我们躲得很好，一动不动。我呼吸沉重，汗水滑到我的脖子上，又痒又扎。那人环顾四周。我咬着自己的嘴唇，尝到了金属般的血腥味。那人转过身，慢跑上台阶，消失了。

这个地铁站叫“河堤站”。我打开地图，顺着棕色的巴科鲁线一路往北找，在泰晤士河的北边找到了它。“啊！我就知道我们走错了方向。”

珍妮说：“至少我们把穿蛇夹克的人也引向了错误的方向。”这是真的。我进一步研究了一下地图，找到了去目的地的路。我们必须回到巴科鲁线，在一个叫“象堡”（多奇怪的名字）的地铁站下车，从那里我们换乘一列地铁。这次探险的时间比我估计的要长得多。

“好的，我有计划了。跟紧我，我们出发。”

我们从花摊后面溜回车站，赶上了下一班地铁。“就是这站！”当我们到达象堡站时我说道。我把其他人都哄下车，以检查我们是否被人跟踪。

这一次，我们出站后走到了一个吵闹的十字路口边，那里伫立着一个巨大的斑驳的雕像——一头背着一座城堡的大象。这让我想起了一个印度故事，当时大象驮着王子出行，王子坐在一个有遮阳棚的大座位上。王子坐着大象到处炫耀或去猎老虎。一想到狩猎老虎，我心中的火焰又燃烧了。油腻的早餐也让我的胃里一阵翻江倒海。

我们沿着一排珍妮称之为“英国梧桐”的树木走去车站。从售票机取到票后，我们登上了开往柏金黑麦站的地铁。

“等我们到了那里，应该做什么呢？”珍妮看着我，“画廊的确切位置在哪里？”

“她说是在黑麦路……”我打开地图找到了它的位置。这是一条很长的路。

“我们甚至不知道画廊的名字。”珍妮无助地说。

“我们可以问问别人。”迪利普建议道。

事实上，我们没有必要这么做。我带领大家走出车站，来到黑麦路的拐角处。如果我没有专心致志地看地图的话，我早就能发现它了。珍妮尖叫了一声。

“在那里！看那边！”在下一个街区的一排低矮的红砖建筑中，坐落着一家刚粉刷成白色和石灰色相间的小商店，上面用精细的黑色印刷字体写着：埃克斯画廊。“‘埃克斯’

真是个很有标志性的名字！”珍妮笑着，上蹿下跳。

画廊里面很宽敞。白色墙壁上面画着巨大的涂鸦。固定在基座上的雕塑呈现出身体各部位的粗糙形状。角落里，一位身材娇小的女士从椅子上抬起头来，她留着一头灰褐色的头发，戴着一副大玳瑁眼镜。

“你们好，我有什么可以帮你们的吗？”

“呃……是的，我们正在……呃，寻找……我们不太确定。总之，我们需要找个东西。”我结结巴巴地说。珍妮用咳嗽掩饰她的窃笑。

“东西？”女人笑了，“什么类型的东西？”我脖子上的脉搏在狂跳——什么类型的东西？

“嗯，”我努力开口，“乔·埃克斯也许能帮上忙。”我不知道还能说什么。那女人踮着脚尖身体前倾。

“乔瑟夫·埃克斯？他是我的祖父。”她笑了，“我也叫乔，但我的全名叫乔安娜。”

我咧嘴笑了。她的祖父是乔瑟夫·埃克斯，我们要找的那个拍卖家。

“嗯，我们去过那儿，他的老店。”我结结巴巴地说，“但是已经关门了，而我们要找个东西。我们想了解一个东西，和老虎有关。就是说，和一张虎皮地毯有关。”

当乔安娜站起来时，我发现她并不比我高多少。她的丝绸袖子像鸟儿的翅膀一样，忽地搂住我，把我领到她的椅子旁坐下。她倒了一小杯水，说："喝一口，深呼吸。告诉我，你想了解关于虎皮地毯的什么事情。"她把鼻梁上的眼镜往上推。我的声音恢复正常后，乔安娜聚精会神地听我说着，并像猫头鹰一样转动着头。我告诉她，她的祖父卖了一张虎皮地毯，我们需要知道它是从哪里来的，而且要尽快知道。

我停止说话的时候，乔安娜正迈着轻快而兴奋的步伐踱来踱去。

"嗯，"她再次把眼镜往上推，"我确实知道虎皮地毯。我祖父只卖过一张虎皮地毯，所以它一定是你想知道的那张。"珍妮和我满怀希望地交换了眼神。"这是我小时候最喜欢的故事之一。当它从印度被运到祖父的商店时——它来自印度，但我不确定——老虎的脖子上缠着一只小荷包。荷包里装了一个小盒子。"我又喝了一口水，发出了巨大的吞咽声。"奇怪的是，"她继续说道，"没人能打开那个盒子。盒子关得很紧。祖父试了好多年，就是打不开盒子，所以我们一直不知道里面究竟有什么。"

"你的祖父是怎么处理这张地毯的呢？"珍妮问。我们都紧张地把身体向前倾。

"嗯，我记得他把地毯卖给了苏格兰的一户人家。但他自己留下了那个盒子。他想里面可能有珍贵的东西。盒子很漂亮，上面画着一只蝴蝶。"

"盒子现在在哪里？在你手上？"珍妮问，但乔安娜摇了摇头。

“不，”她撇了撇嘴，“我一直希望我们能留着盒子，但祖父把它给了别人，换取了一个谜语。这就像是他做的事情。他老了以后就是这样把钱都挥霍光了的：拍卖珍宝来换取最好的谜语，或者把它们卖掉，只为得到一首歌。这就是为什么我母亲开了这家画廊，否则家族的生意就会被祖父毁掉。是的，我记得，他把那个盒子给了别人。”

“小姐，他把盒子给谁了？”我的声音颤抖着，“你知道他把它给了谁吗？”

“是的，是的，我知道。给了他的一个朋友，叫安吉拉。她在他的拍卖行隔壁开了一家美容院。但我怀疑她已经不在那里了。她一直梦想着去非洲。”

空气仿佛凝固了一会儿，然后珍妮尖叫起来：“那个理发师？美容院的理发师？她还在那儿！”她开始叽叽喳喳地说我们早上见过她，我从椅子上起来，迪利普向前跨了一大步，以至于乔安娜用一副板球教练的口吻说：“请不要撞到这幅画。”

“你们对那张虎皮地毯了解多少？”她用锐利的目光看着我，“你们为什么要找我祖父的小盒子？”

她祖父的盒子？那不是他的，是老虎的。某种程度上来说，乔安娜的家人把它偷走了。我们不应该告诉她任何事情。此外，她可能与其他大人没有什么不同，生活在一个坚信“这样的老虎不会真实存在”的世界里。“你为什么要知道这些？”她又问了一遍。迪利普张开嘴想说话，但我拉了拉他的袖子。

“这是学校的一个项目。”珍妮撒了个谎，简直漏洞百出。乔安娜看起来很怀疑。我真希望珍妮在撒谎这方面不要这么蹩脚。

“在暑假里做项目？”乔安娜扬起眉毛，“来吧，告诉我，我很好奇，你们对地毯了解多少？你们是怎么知道的？”

“谢谢你的帮助，”我回答，“但我们现在真的得走了。”我们匆忙赶到门口，迪利普不小心踩到了一个展示架。乔安娜猛冲过去，伸手扶住，防止顶部的雕塑摇晃。

“等等！”她在我们后面叫，因为她扶着雕像，所以动弹不得。我们一出去，我就告诉其他人继续走。在拐角处，迪利普回头看了看。

“她在那儿，拉尔。”他温和地挥了挥手说。我看见乔安娜站在灰绿色的门前。我充满愧疚地转过身离开。

12

蝴蝶盒子

下一班地铁在十分钟后到站，剩余的时间足够我们在地铁站商店买一袋糖果。当我们坐在地铁上吃草莓棒棒糖时，没人说话，甚至珍妮也没出声。如果盒子不在安吉拉手上呢？如果有人发现了老虎呢？我试着把这些严肃的问题从我的脑海里赶出去，集中注意力在眼前的旅程、手头的任务和卡在我牙齿间的粉红色糖果上。迪利普踢着座椅。

“理发师不是说过，埃克斯喜欢谜语还是什么的吗？”他把糖吸进嘴里，“‘他把谜语的答案都带到了坟墓里’什么的？”

“对，”珍妮坐了起来，“她一定指的是那个盒子。想象一下，她一直没能打开它。这会把任何人都逼疯的。盒子里一定有什么特别的东西。”

是的，里面确实有一些特别的东西。我百分之九十九肯定盒子里面是一条信息。如果我们得到了它，就可以帮助老虎兑现承诺，然后它会帮助我们回到印度，一切都将恢复正常。

像大多数旅行一样，回来的路途总是感觉很快。

这次，美容院里不是空荡荡的。两个女人坐在修指甲台旁，一个在另一个的靛蓝色指甲上贴假珠宝。有人坐在美容椅上，围着遮布，头发上夹着夹子。我们进去时，她们都转过头来。安吉拉从珠帘后面突然跳了出来。

“啊哈，啊哈，啊哈，”她咯咯地笑着，“我就知道你们要回来找我。你们找到要找的东西了吗？”她解开了顾客头发上的蝴蝶夹。

“没有完全找到，”我回答说，“我们找到了画廊，但乔安娜·埃克斯告诉我们，你，安吉拉，可能有我们需要的东西。”安吉拉毫不介意我直呼她的名字。她继续专心致志地给别人做头发，开始往头发上喷东西，闻起来像是混合了驱蚊剂的香水。

“嗯，嗯。”她扭动着臀部，拿出一面镜子，调整镜子的角度，向客户展示新发型。美甲桌上的人们又回头涂指甲油，聊起天来。安吉拉把她的顾客身上的遮布解开，结清账单，然后开始扫地。她似乎故意装作不慌不忙的样子。最后，她调整了一下头饰，在镜子里上下赞许地看着自己，然后转过身来，一只手叉着腰。

“瞧，在那间商店所有珍贵的商品中，老乔只给过我一件东西，还是一个无法打开的盒子。有那么多昂贵的礼物，但他只给了我一个打不开的盒子。现在，你们不会要告诉我，你们在找的是那个旧盒子吧？”她直视着我，眼睛闪闪发光。

“是的，女士，”我确认道，“我们正在找那个盒子。”

安吉拉睁大了眼睛。她把头往后一仰，疯狂地笑着。美甲桌上的人们又扭头看了我们一会儿。“乔总是说，会有人回来找它。原来是你们！但我为什么要把它给三个小孩呢？”她的声音沉下来，变成沙哑的低语。她弯下身来，双手叉腰。“还有别人找过这个盒子。”

还有别人？

“什么时候的事情？”我问。

“噢，几年前了。那时候盒子还在老乔的手上。有人想要盒子，还想知道和盒子一块儿的虎皮地毯的下落。”安吉拉脸上的笑容消失了。

“什么？是谁？谁在找盒子和地毯？”

“我不知道是谁，只知道他是一个印度男人。”她低声说道，“但你们别担心，乔打发他走了。”我费力地吞咽着口水。“不管怎样，”安吉拉继续说道，“没人能打开那个盒子。它锁得很紧，连机械钻头都打不开它。”她停顿了一下，然后问：“为了看到这个盒子，你们愿意付出什么呢？”

我强忍住吞咽。她又悄悄露出了鳄鱼般的笑容。我们需要这个盒子，而她想要什么来做交换呢？盒子值多少钱？盒子对安吉拉来说有什么价值？然后我想起了乔安娜所说的关于她祖父用盒子交换了一个谜语的事情。如果安吉拉得到一个像她支付给老乔一样的那种谜语，她会把盒子给我们吗？

安吉拉喘着粗气。我扫视了一下房间，寻找着答案。我看到她从客户头发上取下的发夹，想起乔安娜对盒子的评价和老乔对安吉拉的评价。突然，我脱口而出一首押韵诗，边走边编：“我有千足，我命将无；我有六腿，腾空而飞……”珍妮和迪利普困惑地看着我，但安吉拉抬起头。在我问道“那么我是谁”的时候，我和安吉拉的视线紧紧纠缠在一起。

安吉拉再次咯咯笑了，露出闪亮的牙齿，重复道：“我有千足，我命将无；我有六腿，腾空而飞。”

这是我当场编的，但它显然效果很好。安吉拉噘起她那深红色的嘴唇。

“跟我来吧。”她点点头，穿过珠帘向美容室的里面走。我们站在原地。美甲师停下了贴钻的动作，抬起头来。

“快去吧。”她说。我带着剩下两个人走了进去。

13

那条信息

房间后面原来是一个小走廊。走廊两侧有一个杂乱的小厨房和一些陡峭的螺旋台阶。安吉拉已经走到最上方了。

“上来！”她喊道。台阶是木制的，上面有旧油漆留下的斑点。楼上的房间里堆满了人体模型、假发套和假发片，还有成箱的染料和珠子。房间里到处是包装盒，散发着洗发水的味道。迪利普是最后上来的，他把我们往前推，撞到了安吉拉身上。安吉拉正弯腰埋在一只箱子里寻找着什么。“好了，好了！”她叫了起来，“盒子在这里。”

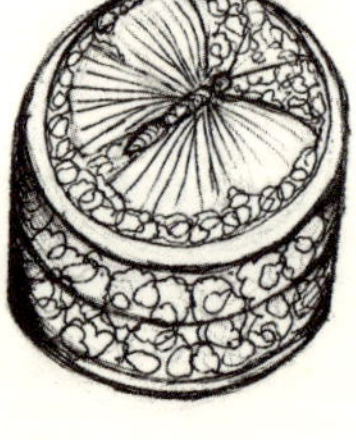

她转过身来，手里提着一个拉绳袋。她把袋子里面的东西倒进我的手掌里。一个小盒子。我从没见过这样的盒子。它小而圆，底座平坦，顶部弯曲有弧度，它由木头和混凝纸做成，盒子上的图案是一只用绿松石和靛蓝两种颜色手工绘制而成的蝴蝶。

“这就是你谜题的答案，不是吗？”她问道，“一只蝴蝶？”我后背一震。手绘的蝴蝶在我转动盒子时闪闪发光。它的翅膀伸到盖子的边缘，盖子与底座通过一个简单的三角形凹槽扣在一起。打开它能有多难？

“我这样说吧，”安吉拉讨价还价道，“我是不会把漂亮的蝴蝶盒子给你们的，这是我的老朋友给我的。但是如果你们能打开盒子，你们可以拿走盒子里面的东西。”她的目光在我们身上一闪而过。珍妮兴奋得踮起脚尖。

我把盒子稳稳地放在手掌中，双手紧紧地攥着，然后拉了拉。我又试了一次，使劲拉。我试图把盖子打开，但它像被强烈而奇怪的磁力吸住了一样黏在底座上。它纹丝不动。珍妮挥动手指想试试。我试了第三次，一直拉到手指关节发白。珍妮接过那个盒子。她侧着手握着它，试图把三角凹槽扭开。她两颊发红，气喘吁吁，终于放弃了。盒子实在关得太紧了。

安吉拉耸耸肩：“孩子们，我告诉过你们，不要抱太大希望。”

“想试试吗？”珍妮把那个神秘的盒子拿给了迪利普，“你试试看。”

迪利普小心地接住它，放在他细小的手指之间。他把它转了又转。所有人的眼睛都盯着他，但他并不着急。安吉拉清了清嗓子，但他还是慢慢来。然后他垂下下巴，把盒子放到嘴边，闭上眼睛，开始窃窃私语。他低声呼唤着老虎。老虎告诉我们，如果我们被什么困住了，迪利普应该低声寻求帮助。我们肯定被困住了，就像盒子上的盖子一样。

寒冷昏暗的空气在房间里呼啸而过，带来了一阵轻柔的声音，就像钟琴在遥远的地方演奏。迪利普停止了窃窃私语。他把盒子给我，房间里的光线又恢复明亮了。

这一次，当我试图将小圆形盖子从底座上拆下时，它砰的一声就开了。我把盖子递给安吉拉，安吉拉带着一脸不可置信的神情接过盖子。盒子里面有一枚金戒指，放在一小块破布上。我捏了捏戒指，把它快速放进我的拳头里，把盒子的底座递给了安吉拉。她接过它时低下头。

“谢谢你。”我说。

“好吧，好吧，”她看着盖子和底座喃喃自语，“太遗憾了，老乔没能在这里见证这一切。”她向迪利普皱了皱眉头，“力量并不总像我们想象的那样，对吗？”然后，她低声咯咯地笑着，背对着我们，又钻进了她的箱子。

我们小心但迅速地走下台阶，离开安吉拉，以防她改变主意想留下戒指。她不停地咕哝着：“好吧，好吧，好吧，如果老乔看到了这一幕……”

当我们走出美容院大厅时，美甲桌上的女人们甚至都没有抬头看我们。

老虎在暗处的黑影向我们走近，它的胡须露在阳光下。当我递给它戒指时，它眯起了眼睛。老虎在休息时，嘴会上下起伏，就像在微笑一样。但这一次，老虎真的笑了。它张开嘴，伸出舌头，胡须微微向上翘起。

在拱门下，我们依偎着那只温暖的大老虎，轮流检查戒指。虽然戒指的外环很普通，但内环刻有一条精致的花环，一行花体字将花环串在一起。

“看，有一些神秘的文字，”珍妮在昏暗的灯光下眯着眼睛说，“它们一定是密码。”

我从她手里接过戒指，对着光看。

“这不是密码，”我笑着对迪利普说，“是印地语。”

“什么？上面说了什么？”迪利普喊道。

“上面写着，梅农·查特吉，来自母亲。”我翻译道。

“这就是那条信息？”珍妮问。

“我猜我们得把它交给一个叫梅农·查特吉的人，因为这是他妈妈给他的？”我不想承认这似乎有点儿令人失望。老虎用前额顶着我。“是吗？”我问，“这就是我们要做的吗？”

“是的，”迪利普兴奋地回答，“老虎说就是这样。”

我们终于有了这条信息，一个真实的姓名和任务。我将戒指递给大家，戒指又在大家的手里传了一遍。它戴在珍妮的手指上特别合适，我们也都同意戒指戴在珍妮手上会很安全，尽管我在把戒指交给她的时候犹豫了一下。

“我们需要知道他是谁。离我们最近的上网点在哪儿？”珍妮思索着，抬头看了一眼车站。“我们不要再回到滑铁卢站了，”她战栗着说，“拉尔，我们要和老虎待在一起。你一个人去找地方会更快。”她把最后的零花钱都掏出来放到我掌心里。

我沿着这条路出发了。从隧道走了一小段路，我途经一家叫“万事屋”的店，它提供廉价洗衣、配钥匙、擦鞋、拍护照照片，以及上网的服务。我付钱购买了二十分钟的上网时间，然后开始我的搜寻工作。

我把一个转椅拉近并坐下，在电脑上键入“梅农·查特吉”。列表里出现的第一条信息是一个名为“给你的宝贝取个好名字”的网站。我往下拉，又点了几个网页链接，有演员、诗人和社交媒体。还有别的吗？“万事屋”的网速简直比三趾树懒的速度还慢。已经过去了将近五分钟。

我又敲键盘，搜索了五次这个名字，向下滚动浏览搜索结果，却一无所获。循着线索拿到戒指，发现这个名字，肯定不会找不到这个名字的主人吧？我的手指在键盘上摩挲着。梅农·查特吉是谁？难道是埃克斯打发走的那个人，还是别的人？我需要更好的搜索结果……

然后我想起了爸爸的数据库。我输入了“印度人的祖先是谁以及他们都生活在哪儿”。爸爸的网站弹了出来。虽然数据库的名字很傻，但它确实是一个杰作，令人难以置信。爸爸制作了一份详细的印度人姓名表。我输入了“查特吉”，几番搜索后，我的眼前出现了一个名单，其中有几个“梅农·查特吉”。我仔细看了每个“梅农·查特吉”的信息，有退休了的医生和杂志编辑，还有一篇讣告，写的是一位曾经是“社区标杆”的人物。其中一个“梅农·查特吉”是考文垂大学的教授。词条链接到了这位教授的学校主页。我点进去，一个新的页面出现了。

网页顶部是一行来回切换的图片：学生们对着桌子上的书微笑，学生们坐在长椅上互相微笑，学生们对着显微镜微笑。我靠近电脑看，盯着其中一个留着胡子、戴着眼镜的印度男人。照片中的那个男人直直地盯着我。旁边的广告语让我差点儿从转椅的边缘掉下去。

梅农·查特吉，生态保护和生物多样性学院的教授。主要研究方向包括分子生态学和濒危哺乳动物保护，重点研究印度和东亚哺乳动物。另外，还参与在印度开展的项目，以及在欧洲关于老虎所有亚种育种的相关项目。

关于老虎。老虎！我的手指在键盘上僵住了。我理解对了吗？这不可能是巧合。我真的找到我们要找的人了吗？还是在爸爸那个名字读起来饶舌的网站上找到的？

这次我慢慢地重读了这段文字，然后点击了“发表作品列表”。一长列标题出现了，这些都是这位教授写的关于印度和东亚野生动物保护的文章。他就是我们要找的人，是吧？

这时一条消息弹出：还剩一分钟。慌乱中，我试图进入“联系方式”部分，但在我打开之前，屏幕变成了蓝色，一连串白色文字出现：时间到！时间到！时间到！

当我往回走时，那个满脸笑容的大胡子男人的形象在我脑海中挥之不去。生态保护和生物多样性。考文垂大学。我用脚踢了一下地面。我本应该拿到更多信息的。

我回来时，老虎又在踱步。珍妮看到我，一下子站了起来。

“拉尔，那个人在这里。”她说，“穿蛇夹克的那个人。我看见有人来了，还以为是你回来了。”

“但是那个人只是路过这里，我就跑出去看了看，”迪利普说，“我又看到了那人的后背——上面有条银蛇，拉尔。他正朝‘漂亮美甲’走。”

血管在我的太阳穴里跳动。老虎也变得焦躁不安，尾巴甩动着。“嗯，他在那里找不到任何东西的。”我说。我想知道他是在寻找那条信息，还是只是在找我们？

“拉尔，你找到了什么？关于查特吉的？”珍妮问。当我告诉他们关于教授的事时，珍妮上蹿下跳。“我们得去考文垂！”

我看向老虎。在白天飞行似乎是个疯狂的主意。老虎停止踱步，发出长长的低沉的呻吟声。

迪利普说：“它可以把我们带到那里，我们不会迷路。”

“我知道。”我厉声说道。我担心的不是迷路。我担心的是它在光天化日之下被人发现。而且我们已经离开了这么长时间，更不用说我们还被跟踪了。

珍妮说：“和老虎一起飞行可以把穿蛇夹克的人甩掉。”

火车在我们头顶上隆隆驶过。拱门上人来人往，估计他们可能想知道三个孩子在铁路栅栏后踢来踢去在干什么。地上有空罐头和某人的旧比萨盒。很幸运，没人发现我们在这座拱门下。老虎显然很不高兴。

我们爬上老虎的背。这次骑行不如前一天晚上快。老虎沿着铁路桥蹒跚而行，沿着一座高高的写字楼背面走，这座写字楼直面太阳，所有的百叶窗都被拉上了。起飞时，老虎几乎垂直弹起，没有给我们任何准备时间。我们向后滑，我不得不使劲抓紧。我以为我们会神不知鬼不觉地飞走，但是当我们飞行时，我看到了一个起重机司机坐在他的“小箱子”里张着大嘴的呆滞神情。他揉了揉眼睛，好像不相信他所看到的一样，紧接着我们就飞远了。当我们高高地掠过城市上空时，老虎又变成了地毯。

当老虎变成平整的地毯时，我注意到它的条纹不仅出现在皮毛上，而且渗透到皮肤深处。我再次希望我能像迪利普那样和它对话。

白天飞行更刺激了。在我们下方，一条像巨蟒一样的长河穿过钢筋、混凝土和石材构筑的世界。那个穿蛇夹克的人肯定在下方的某个位置。埃克斯画廊也是。我想象着乔安娜抬起头，在我们飞过时向我们挥手致意。我看到了议会大厦对面的伦敦眼，还有著名的大本钟。我闭上眼睛，尽量不去想时间和留待它解决的一切疑惑。大半天过去了，谁知道我们给灰石之家带来了多大的麻烦。我告诉自己，至少我们离帮助老虎实现承诺又近了一步，至少我们离回印度老家又近了一步。

14

教授的留言

我们到达考文垂时已是午后。道路上闷热的烟雾笼罩着我们，飞行时的狂风仍在耳边嗡嗡作响。老虎避开繁忙的市中心和主干道，向低处飞去，降落在了超市和金属仓库后面。我们都默不作声。这种感觉好像我们在游乐场玩鬼屋游戏一样，以至于我以为会有一具骷髅从带轮的垃圾桶后面跳出来。

在一家大型邮局仓库的门口，我们险些和一大群倒班的工人撞在一块儿。老虎突然转向，钻入一条狭窄的街道以躲避他们。但有一个邮递员正跪在半路，在他的包裹袋里翻找。老虎猛地滑进一条狭窄的小巷，把我们从背上甩了下来，我们直挺挺地摔了个屁股蹲儿。

邮递员惊讶地抬起头来。我们跳起来，挤在一块儿，挡在虎皮地毯降落的小巷口。邮递员友善地笑了，他一点儿也不像滑铁卢站的客服经理。他的声音带着浓重的鼻音，有些滑稽可笑，就好像他是个戴红橡胶鼻子的小丑。

“嘿。你们没事吧？你们看起来像迷路了。”

“呃，不，谢谢你，呃，好吧，也许，对不起。我是说，好的。”我像乔安娜告诉我的那样深深地吸了一口气，然后再试了一次，“我们正在去考文垂大学的路上。呃，我们正要去拜访一个人。”邮递员也露出大人们的那种微笑，像是神不知鬼不觉地发现了一些有趣的事情。

“啊，好的，也许我能帮你们。我正好要往那儿走，沿着这条小巷走到大路上，从那里往西直走就到了。跟我来，我会给你们带路的。”

我们都知道，不能和陌生人说话，永远不要和陌生人一起去任何地方。我犹豫了一下。这条街上没有后路，否则邮递员可能会看到虎皮地毯。但我们也不能向前走，因为那样就要和邮递员一起走了。尽管他穿着整洁的制服，态度友好，但他仍然是个陌生人。我们又陷入困境了。

我在等待着老虎做点儿什么，期待着它做点儿什么，消失也可以，这样我们就可以摆脱困境，但老虎什么也没做。邮递员走近了一步，尽管他想帮忙，但我不喜欢他那样做。为什么爸爸现在不能坐在他的红色大轿车里狂按喇叭接我们走呢？为什么我们不能回到珍妮奶奶的厨房吃煎饼、听故事呢？为什么我们要在这里，被困在一条狭窄的街道上？

“别害怕，”邮递员说，“我不咬人。但我会给社区警察打个电话。走丢的孩子应该去找警察，而不是来邮局。”他从口袋里掏出一部电话。珍妮开始戳我的背。

“做点儿什么。做点儿什么，拉尔。”

但我不知道该怎么办。我知道如何玩魔方，我能背诵印度宗教经典《薄伽梵歌》中大段的诗文，最近我在新的电脑游戏里创了最高纪录。但现在，我不知道如何阻止邮递员报警。

邮递员犹豫不决，咕囔着电话信号不好。我向其他人求助。珍妮向后退了几步，把迪利普挡住，迪利普躲到小巷里，蹲得很低，开始对着地毯窃窃私语。

这一次，他的耳语比平时更快，几乎可以看到空中飘着水滴。声音聚集成一团柔和的雾气。迪利普一直在窃窃私语。雾气从我们身边飘过，弥漫在巷子里，渗透到小街上，让我们发抖。很快，我们就被白色的薄雾笼罩，几乎看不到邮递员了，邮递员已经走远了一点儿去报警了。时间不多了。但现在他惊讶地转过身来。

“孩子们，你们没事吧？嗨，你们还好吗？”雾越来越浓，他的声音渐渐消失了。他踮起脚尖，想从高处看看我们，但几秒钟后，雾气像棉花糖一样厚厚地聚集起来，完全把我们遮住了。迪利普疯狂地挥手让我们坐在地毯上。我们一坐下，地毯就腾空而起。

雾气很浓。邮递员还在呼喊着，但我几乎听不见他的声音。我想大声回应，告诉他我们没事，谢谢他，但我找不到合适的词。就像告别画廊里的乔安娜一样，我感到一阵内疚。邮递员肯定会绞尽脑汁思考刚刚到底发生了什么事。

地毯摇曳着，然后迅速无声地飞驰到这条街的尽头。按照邮递员所说的，它在主干道处向西转弯了。在一团浓雾中，我们在午高峰的车水马龙中穿行。

雾气在街上引起了骚动，足以让老虎带我们在隐蔽的情况下，到达大学校园货运入口的一条安静道路上。大门后面是大砖块和小方块玻璃拼接成的校园建筑。地毯轻轻地降落，当我们爬下来时，它又变成了老虎。薄雾低垂，随着我们走远而飘散无踪。

在一块路线指示牌上，我们找到了生态保护和生物多样性学院。这似乎是我们要找的地方。老虎跟我们走了一小段路，低着身子，躲在残余的薄雾中，现在它溜进了一个空荡荡的演讲大厅。大学里很安静。当我们到达学院时，我们发现接待处关门了。

“需要我帮忙吗？”一个穿着工作服的门卫走了过来。

他看起来像是印度人，但他的口音来自英格兰中部地区。我告诉他我们在找查特吉教授，那人回答说：“哦，是的，我知道查特吉。但你们运气不好。他去印度参加一个会议了，也许一周后才会回学校。他的办公室门上贴了个留言，121号房间。”他指着大楼说。

“谢谢！”我说着记下了他工装上的名字萨米。

教授的门上有一个布告板，上面贴满了便利贴、明信片、名单和签名表。那张留言条贴在正中间。

我在外做研究，
正在参加一个
印度孟买技术研究所
举办的国际生态保护会议。

“哦，不！”珍妮叫道，“留言的日期是星期四，这已经是两天前了。”

“而且他没有说他什么时候回来。”迪利普补充道。根据萨米的说法，他最近都不会回来。

“我们去找老虎吧。”我叹了口气。

在空荡荡的演讲大厅里，我们弯腰抱着那只大老虎。

“现在怎么办？我们要回灰石之家吗？”迪利普问道。

珍妮坚定地摇了摇头，嘴里塞满了焦糖威化饼。她给我们分了几包，留下最后一包以备不时之需。威化饼嚼起来弄得满嘴粉末，让我想起纳尼吉做的一种糖浆点心。我瞥了一眼珍妮手指上的戒指。

“是啊，我想我们得回到苏格兰，”我回答道，“我们可以把戒指寄到教授的办公室。”

“但他可能数周都不会从印度回来！”珍妮的嘴里喷出一点儿威化饼末子。她的眼里充满泪水。她将威化饼使劲吞咽下去，说：“那老虎的承诺呢？如果你爸妈在教授回来看到我们留给他的消息之前，把地毯处理掉呢？如果穿蛇夹克的人还在追我们呢？”

我们坐在一起，争论着该怎么办。老虎坐立不安。当它在讲台后面踱步时，我盯着它身上波动的条纹。现在，这个任务的意义不仅仅是一些承诺。珍妮是对的，我们不能再等了。老虎似乎和我同时得出同样的结论。我感到指尖刺痛，于是伸手去摸它。我们都知道我们相互理解。这是我最能理解迪利普是如何和老虎交流的一刻。老虎弯下身，趴在我旁边。

“走，我们出发！”我站起来，对着他们说。我掸掸身上的灰尘，帮助他们爬到老虎的背上。珍妮嘴里发出咝咝声，迪利普的下唇颤抖着。

“拉尔，我们要去哪里？”他一边问一边急忙坐上来，给我腾出空间。我坐到老虎身上，轻轻地拍了拍它的屁股。

当我搂着迪利普时，我感到自己肩负起了所有的责任，或者有可能只是感到了恐惧。我们紧紧抓住老虎，它带着我们从大厅溜出来，向前跳跃，腾空飞进一片缓慢飘动的云层中。

“拉尔，我们要去哪里？”迪利普重复了一遍他的问题。

“去找查特吉教授，”我向前喊道，“去印度。不然还能去哪儿？”

15

在排水沟

尽管地平线上已经有一层薄薄的金光，但我们到达时天还是黑的。这段旅程很冷，就像梦一样，持续了几个小时，又仿佛转瞬即逝。这一次，降落的方式也与众不同。老虎把自己重重地摔向地面，强壮的双腿恢复了活力，向后伸展并把整个身体弹起来，在我们撞击地面的一刹那，它就又开始向前奔跑了。当老虎在宽阔的街道上跳跃时，空气中的露水打湿了我们的脸；老虎后腿协调一致，前爪一只接一只地向前迈步。我们坐在老虎身上，向前倾斜得像是要被甩出去，我们只好把膝盖向内夹紧。

虽然天色很暗，但人们都在四处走动。银行的门面和整条街上五彩斑斓的店铺流光溢彩。老虎冲进了黑暗。它步履不停，奔跑在阴影里，但还是有人发现了我们。从公寓的窗户里传出来一个声音，随之而来的是一束手电筒的光。老虎灵活地攀上并越过一堵高墙。

真是千钧一发。呼喊声逐渐平息，手电筒也熄灭了。老虎停下脚步，左右看了看，嗅了嗅空气。我的心还在怦怦跳。

“拉尔？”迪利普向后靠着我，“拉尔，我们现在在哪里？”

我轻快地拍了拍他的腿，简直不敢相信自己说出口的话。

“小朋友，我们在印度。”我说话的口气像是爸爸。我摇头，抛开了这个想法——爸爸现在离我太远。迪利普难以置信地捏了捏我。我们终于回到了印度。我骄傲地看向珍妮，但她脸上厌恶的表情让我大吃一惊。

我们在印度，但不是我们一直吹嘘的那个印度，也不是我们一直想念的那个印度。老虎降落在一条泥泞小路旁肮脏的角落里。垃圾和废料堆包围着我们。之前湍急的冷空气没有任何气味，但现在我们停下来了，呼吸之间满是腐烂物和废物的臭味。珍妮用一只手捂住嘴，作起呕来。我把目光从她身上移开。之前我们没有向她介绍印度的这一面——贫穷的一面。

老虎突然静止不动，耳朵向后贴。

一小群人走在附近的小路上，传来一阵低语声。老虎往后退，蜷缩在排水沟里，前后摇晃着我们。人群过去了，但老虎仍然一动不动，紧张不安。在晨曦中，我花了片刻时间才明白为什么。我们和一群蜷缩在混凝土排水管里的孩子面面相觑。老虎甩了甩尾巴，低下头直面威胁。我轻轻地拍了拍它的后腿。

“嗨，你好。”我用印地语说。排水管道里的孩子们目不转睛地看着我们，他们的眼睛又大又圆，像印度婴猴一样。

一个细小的声音穿过黑暗，回复我们：“嗨。”接着用印地语问道：“你们偷了只老虎吗？”

“不！不！”我笑了笑，用印地语继续说道，“别担心，老虎不会伤害你们的。”说话的女孩扭动着身子，从排水管里的小孩堆里走出来，双手叉腰站在那里。

“我知道老虎不会伤害我，”她大胆地说，“我不害怕。我打过很多架。老虎才不算什么呢。”

老虎挣扎着站起来。这个街头女孩留着长长的黑发，扎着两条又粗又长的辫子。她的衣服很脏，皮肤因污垢和疾病而发黄。其他人仍在用水灵灵的眼睛盯着我们。我从老虎背上滑了下来。

我用印地语说：“我的名字叫拉尔，你叫什么名字？”

“谁会在意呢？”女孩说，但她很快补充道，“我叫玛尼。”

“玛尼。”我重复了一遍她的名字。“玛尼”在印地语里意思是珠宝、宝石。她的眼睛闪烁着危险的光芒。“我们需要帮助。你能帮助我们吗？求你了。”

“什么样的帮助？”

“我们要去技术研究所，但我没有地图，我们也不能被人看见。我们需要走不引人注意的街道，以免被抓住。你能帮我们吗？”

玛尼得意地笑了：“我不需要地图。我知道这座城市的每一条后街。”

我对此表示怀疑。孟买是一座特大城市。不过，如果她认为她可以帮到我们……我感谢她的话刚说到一半，她就打断了我。

“你们能给我什么作为交换？”

我忘记了这一点，忘记了印度街头的一切，连被帮忙都必须付出代价，还得讨价还价。谜语在这里是行不通的。我看着珍妮的手指，但金戒指不在那里。她一定把它藏起来了。玛尼向前迈了一步。

“能给我什么作为交换？”她重复了一遍，语气变得尖锐。她更像碎玻璃，而不是闪亮的宝石。慢慢地，脏脏的聚成一堆的孩子逐渐清晰，变成了两个放肆的男孩和一对双胞胎女孩，他们坐着，竖起耳朵听着。我不知道该说什么。我们能为这个街头女孩和她的流浪同伴提供什么？

“什么？你想要什么？”我耸耸肩。其中一个男孩懒洋洋地踢了玛尼一脚，用缓慢而浑浊的声音含糊不清地说了些什么，声音太低了，我听不见。玛尼恢复了她好战的姿态，得意扬扬。但玛尼还没来得及开口，珍妮就打断了她的话。

“拉尔，你在说什么？他们在说什么？”她听起来很愤怒，她的口气听起来不太对劲。

“我在请求他们的帮助。他们可以带我们去技术研究所。”

“那我们还在等什么呢？”

“他们想要一些回报。”我解释道。然后我转向玛尼。“好吧，我们能给你什么？”我问，“你想要什么？”

放肆的男孩和双胞胎女孩从混凝土管道中走出来。玛尼用舌头舔着上牙，露出贪婪的笑容。

“把老虎给我们。”她说。那帮孩子像秃鹫一样包围了我们。

16

穿过管道

真是度日如年。一只乌鸦坐在上方的一团下垂电线上嘎嘎叫着。从上面看，这里的战斗一触即发。事实也确实如此。

珍妮从老虎背上跳到沟里。我向她解释，他们想要那只老虎，接下来珍妮就发怒了。她猛地跳进我们中间，猛推玛尼。玛尼推了回去，两个女孩朝对方冲去时，大家都向外围走了一步。我试图阻止珍妮，但其中一个男孩用他纤细的前臂挡住了我。珍妮和玛尼推搡着彼此，扯着对方明亮的卷发和漆黑的辫子。

老虎低声咆哮，怒气冲冲，但街上的孩子们没有退缩。双胞胎甚至拿着棍子开始戳老虎。老虎蜷着身体，尾巴上毛发悚立，但双胞胎没有停下。

“珍妮！”我大声喊道。珍妮向前冲去，踢飞了他们的棍子。玛尼抓住一根落下的棍子，然后挥舞着它。珍妮从地上抓起一块金属碎片，直指玛尼。珍妮非常生气，我认为没有什么能阻止她的怒火。但整个可怕的战斗突然结束了——老虎出手了。老虎怒吼着，迅速地把珍妮往旁边推。珍妮把金属碎片扔在地上，抱住胳膊，震惊得叫不出声。

大家静止了很久。玛尼像板球击球手一样弯着腰，准备随时开战。她昂起头，气喘吁吁。老虎慢慢向珍妮靠近，舔了舔她的胳膊。其他人都没动。珍妮呜咽着，虽然老虎没有伤害她，但她的感情受伤了。它用鼻子嗅着她的下巴，让她抬起头来。珍妮擦干了眼泪。我知道，有些动物会咬或拍打它们的幼崽来教训它们。老虎看待珍妮就像看待自己的幼崽一样，仅此而已。

“对不起。”珍妮温顺地对玛尼说，“但我不能把老虎送给你。拉尔，告诉她。老虎是我们的。她不能得到老虎！”

我翻译成印地语，和玛尼说她不能得到老虎。

“老虎不属于你，”玛尼反驳道，“老虎来自印度。我知道。我上学。因为我睡在这里，所以你就认为我没有受过教育吗？”她朝排水管稍稍挥了下手。我没有想到她还受过学校教育。“我长大后将成为整个印度的最高部长，我会阻止像你一样的游客来印度抢掠我们东西。”

我非常恼火。我不是游客。这是印度，而我是印度人！虽然此刻在这个可怕的排水沟里，我一点儿也不觉得自己属于印度。此外，我们什么也没偷——她是什么意思？她以为我们偷了老虎吗？我很想对她怒吼，但现在她知道了老虎的事，她可能会求助别人或告发我们。

“我们什么都没拿，求你了。”我举起手，珍妮一头雾水，对我的举动摸不着头脑，“我们是来帮助别人的，帮助这只老虎的。我们需要你，因为你认识路。但我们不能把老虎给你。”我诚实地补充道，“我的朋友说老虎是我们的，但它不是我们的。我们不能将它转赠他人。”

我们转头看向老虎。双胞胎女孩趴在老虎的背上，晃悠着双腿。她们正和迪利普吵吵闹闹，抚摸着迪利普闪亮的头发和老虎的皮毛，咯咯笑着。珍妮笑了，玛尼发出一声粗哑但愉快的咳嗽。两个街头男孩无动于衷。

“噢，迪利普，”珍妮说，“只有你能救我们了！”

我对于迪利普可以救我们的想法不屑一顾。不过我想了想，迪利普才是那个低声耳语请求老虎打开蝴蝶盒子的人，迪利普在巷子里救了我们，现在在孟买的后街，迪利普在交朋友而不是在打架。我应该为他感到骄傲，我只是有点儿恼怒。迪利普很有趣，他无忧无虑，活泼可爱，连老虎都选择了迪利普。

玛尼向我挥手。她咧开嘴角，露出一个近似微笑的表情。

“好吧，好吧，我可以帮你。”她向那两个男孩打了个手势，把老虎背上的双胞胎叫了下来。迪利普也跳了下来。

“谢谢你，玛尼，”我说，“我保证，我们会给你一些东西的。”

玛尼发出指示，说：“其他几个人得去上学，但我可以带你们去。我会带你们去技术研究所的。”她向我点点头，我真想知道这些孩子上的是什么样的学校。玛尼好像读懂了我的心思，解释道：“一位女士在自家院子里教我们功课，就在离这儿不远的地方。我们学算术和阅读，她给我们讲故事。她也给我们提供食物。”我的肚子隆隆作响。

“那我们走吧。”我说。令我们惊讶的是，玛尼和其他街头孩子爬回了混凝土排水管。玛尼看了看乌云渐密的天空。

“来，跟着我！”她消失在黑暗中。老虎向前踱步，嗅了嗅管子，伸出爪子，好像在检查它。然后它转过身，昂起头——很安全。

“我们走吧，快点儿。”我说。我们爬进了管道。由于没有手电筒，也不知道前方有什么，我们在管道内将身子压得更低了。老虎跟在我们后面，挡住了背后的光线。

17

继续向前

管道里散发着臭味。起初我们眼前一片黑，但随着眼睛适应了周围环境，我辨认出前面其他人的模糊身影。脏水从两边流下来，脚下流淌着一条又浅又黏的“小溪”。混凝土管道中遍布土块，偶尔出现石头和生锈的钉子头，让人很容易绊倒。

“走快点儿，”玛尼的声音在管道里回响，“很快就要下雨了，管道里会发洪水的。”我推着前面的人。如果管道进水，我们都会淹死在脏水里。我戳着迪利普的背催他走快点儿，随着我自己的脚步加快，我的脑子也转得更快了。

当时正值雨季。在雨季季风携带着降雨席卷印度，使其成为地球上最潮湿的地方之一。雨点会像锤子一样落下，汇入河流，冲刷街道。那是我过去苦苦思念的大雨。现在，我却反复期望会下苏格兰的那种毛毛雨。

紧接着我就听到了暴雨的声音。起初听起来像是远处的隆隆声，但声音越来越大，越来越响。水流湍急。

“快，快！”玛尼的声音引领着我们前进，我们朝着声音的方向跑去。水声越来越大。老虎紧跟在我后面，它令人焦躁的呼吸与呼出的热气仿佛在催促着我往前走。

现在，洪水随时都会冲到我们身边，轰鸣般的水声简直快把我们压倒了。我想象着海啸在我们身后咆哮的画面。我拉着迪利普的手，尽力向前跑。管道尽头出现了一丝微光。我们朝它跑去。管道开口处的光越来越强，将街头小孩们的背影剪得参差。我朝他们跳去，我们一块儿从管道里冲了出来。

宛如身处瀑布下，水流从正上方奔腾而下。喷涌的喧闹不是来自管道里的水流，而是来自上方排水沟溢出的水，以及头顶上从厚厚的云层坠落的雨水。几秒钟后，我们便浑身湿透了。

玛尼领着我们穿过一扇高门，走进一个有遮挡的天井，她把我们围拢在一起。我们瑟瑟发抖，挤在一起看向外面，雨声和水声震耳欲聋，雨水成片，不断落下，像极了一块灰色的钢板。雨水的味道让我立刻沉浸在回忆里，令我感到一丝欣慰。迪利普的肩膀颤抖着。我敢肯定他在哭，但我不知道该怎么办。如果妈妈或爸爸在这里，他们会把他抱在怀里。但妈妈和爸爸远在六千千米之外。

出乎意料的是，玛尼擦拭干净迪利普的脸颊，向他露出一个微笑。她握住他的小手，在喧闹声中向我们招手，示意我们跟着她穿过一扇狭窄的门。

我们发现自己身处一间昏暗的房间，陈设简陋，潮湿不堪。玛尼和街头孩子们脱下鞋子，我们也脱了。我们把一个难看的木柜拖到角落里，让老虎躲在后面。玛尼急忙用布把它盖住。

她带着我们穿过一条走廊。我赶上了珍妮。

“戒指在哪里？”

“安全着呢。”她拍拍夹克口袋，我朝她竖起两个大拇指。

这条走廊通向一个明亮的庭院。雨像水龙头被关上一样停了。金属桶整齐地摆好，用来收集屋顶边缘滴落的雨水。阳光在玻璃窗和水坑之间起舞。

“阿姨！阿姨！”玛尼叫道。一个身穿浅粉色纱丽的高个子女人拉开门帘，惊讶地笑了。

“你们好呀，这么多孩子！”她用英语说。

“他们是游客，阿姨，”玛尼说着，伸出下巴，朝我们努着嘴，“他们需要帮助。”

我走上前去告诉她，我们迫切需要联系技术研究所的某个人。玛尼插嘴说她可以带我们去。阿姨皱了下眉头。

“我不确定，玛尼。孩子们以游客的身份独自出来旅行？”她想“告诉当局”。为什么所有的成年人都想这么做？他们不能自己决定什么是对的、什么是错的吗？玛尼恳求她，阿姨的态度软化了，坚持让我们先进来吃饭。

她把我们湿透的鞋子拿来，用结实的手把它们拧干，再用旧报纸把它们包好放在火炉前，好让它们快速干燥。她把我们的夹克挂起来，让我们换上干衣服。其中一个男孩给了我和迪利普一些干燥的V领棉衬衫和宽松的裤子。当我说谢谢时，那男孩躲开了，都没有看我一眼。阿姨给玛尼和珍妮换上了萨尔瓦套装。

厨房里有一股甘油肥皂和檀香木的味道。闪亮的锅和黄色的洋葱悬挂在被熏黑的天花板下。当珍妮再次出现时，我不可置信地眨了眨眼睛。她穿着一件粉绿相间的萨尔瓦套装，头发梳顺了，扎好了辫子——她看起来都不像珍妮了。她看起来……很漂亮。

阿姨准备了一个像“蛇和梯子”一样的游戏，让我们在她做饭的时候玩一玩。食物准备好后，我们开始吃油润丝滑、热腾腾的扁豆和涂有酥油的新鲜烙饼。珍妮狼吞虎咽地吃完，打了一个响亮的嗝——她又变回了她自己。

“对不起！”她捂住嘴说。但阿姨欣赏地点了点头，给珍妮的碗里又放了些食物。我笑了。珍妮奶奶的家里不像阿姨家，在那儿，打嗝可不是表示感激。

食物很治愈人心，但扁豆的味道让我想起珍妮奶奶的家常饭，而热腾腾的圆形扁面包让我想起奶奶的煎饼故事。我真希望奶奶现在在这里给我们大家讲个故事。我把盘子刮干净，用搪瓷小碗里的水清洗手指。阿姨放了些地板垫让我们休息。我们坐了下来，但很难放松。

玛尼和阿姨在用一种我听不懂的语言交谈。它听起来像马拉提语，但它也可能是印度数百种语言中的任何一种。

“好的，”玛尼终于转向我们，“我们现在必须走了，因为来回研究所要花很长时间。”她肩上挎着一个皮套，里面装了个水瓶。

阿姨对我们唠唠叨叨了一会儿。她给了我一个帆布包，里面装着我们半干的衣服和夹克（珍妮的夹克不在里面，因为她坚持要穿她自己的夹克）。我们说了声谢谢，然后沿着原路离开了。

“好的。”当每个人都穿上了鞋子，老虎离开了藏身之地，玛尼命令道，“大家听着，我们先从管道走，再走屋顶。挨着彼此走，保证老虎不被别人看见。”

就这样，她出发了，回到排水管里。

光线渐渐消失了。我跟随着玛尼的脚步声，她不像之前那么快了。迪利普和珍妮踩得水花溅起，走得磕磕绊绊，老虎跟在后面。一只老鼠疾驰而过。我们继续前进，转弯，追逐前面传来的回声，直到最后我们到达另一个出口。

玛尼蹲了一会儿，转过身爬上突出来的管道，熟练地从相邻建筑的不规则砖块上跳到屋顶上。我们没有那么熟练，笨拙地跟上她。老虎从泥泞的沟渠里跳了出来。当我们都上来的时候，玛尼已经领先了我们三米，她沿着屋顶边缘飞奔过去，消失在电线丛下。

“等等我们！”我喊道。屋顶高低不平，有的平坦，有的铺有瓦片；大多数屋顶是倾斜的波纹样式的铁片，有些地方锈迹斑斑，有些地方又很滑。洗衣机里的衣服随翻滚的转轮上下甩动，空调机组喷出污浊的空气。

“玛尼，你得慢一点儿！”

玛尼放慢了脚步，我们在一个繁忙的公交车站上方的屋顶露台上重新会合。老虎趴在露台上，我们靠着它休息，喘口气。

在遥远的北方，风暴云像薄薄纸巾上的浓郁墨汁一样渗透开来。

“珍妮，戒指现在在哪里？”我想知道。

“在这儿。”她边说边拉开了夹克的口袋。她把手伸进去，四处摸索。她的脸涨得通红。她抬头看了看我，然后是迪利普，再看向老虎。“哦，我的天——”

“不会吧！”我对她嘶吼道，“再检查一下。你不会——再检查一下。”

我也开始和她一起检查口袋，看能不能在里面找到那件失踪的东西。她拼命地拍着她的萨尔瓦套装，检查她的鞋子。她脱下夹克，打开、掏空和搜寻了每个口袋和袖子。最后她发出一声愤怒的呜咽。雷声轰隆隆地逼近。老虎发出低沉的呜呜声。

珍妮把戒指弄丢了。

18

车顶之旅

我一拳砸向一个用砖垒成的烟囱。我的拳头立刻抽搐起来，但我强忍着疼痛，假装无事发生。其他人都没有注意到，他们垂着头，看向地面。珍妮在哭，但我并不为她感到难过。她丢了戒指，丢了给梅农·查特吉的信息。

玛尼抬起头。她擤了擤鼻子，又咳一口痰，吐了出来。

“我知道戒指在哪里。”她直截了当地说。她的眼睛闪闪发光。不，她怎么会知道呢，我想着。她一开始就不知道有戒指。

“戒指在哪儿？你又怎么知道的？”我抢白她。

“这样说吧，我知道有人喜欢从别人的口袋里掏东西，”她站起来用印地语快速回答，“如果你的东西被偷了，那我就知道是谁偷的。我去把东西拿回来。”

“谁偷的？在哪儿？”

玛尼说出了她伙伴中两个放肆男孩中一个的名字。我早该猜到了，那个不敢直视我眼睛的男孩。

“我们跟你一起去。”我说。我并不完全相信玛尼，也不想留在这里。

“我自己一个人去会跑得更快。我可以带着老虎一起。”她说的话与其说是请求，不如说是声明，“老虎可以吓唬他，让那男孩把戒指给我。”

我看向老虎。老虎伸出舌头，气喘吁吁。它看起来很渴。有魔法的老虎也会口渴吗？

“发生了什么事？”珍妮问。迪利普和我都没回答。

“你要花很长时间才能回到阿姨家吧？”我说。

迪利普轻拍我的膝盖。

“老虎能带她飞，这样可以节省时间。”他说。我们俩都把目光从老虎转向这个街头女孩。我并不怀疑老虎，但我确实怀疑玛尼，我不确定她是否可以保守虎皮地毯的秘密。到目前为止，她只知道我们身边有一只真正的老虎，就像宠物一样。“这样可以节省时间。”迪利普重复道。这似乎是最好的选择，也是玛尼把戒指拿回来最快的方式。

“发生什么了？”珍妮又问。我仍在为珍妮丢失了东西而感到不满，尽管我现在知道这不是她的错，是那个男孩从她这儿偷走了戒指。当迪利普告诉玛尼老虎的事时，我把玛尼的话转告给了珍妮。

“他从我这儿偷走了戒指？这个小……等着瞧，我一定要暴揍他一顿！”

“珍妮，玛尼可以帮我们拿回来，老虎带着她飞回去。”

“但是，”珍妮有点儿犹豫，“我们会孤零零地留在这儿。”

“他们会立马回来的，”我回复道，朝着老虎点头，仿佛在和它确认，“对吧？”

迪利普请求老虎向玛尼展示一下它如何变身。老虎低下头，前腿向前伸展，边变身边散发着微光。它的尾巴逐渐干瘪，眼睛里的光也熄灭了。它变成了虎皮地毯，平躺在屋顶露台上一块方形水泥地上。玛尼往后退了一步，珍妮、迪利普和我一直紧紧盯着玛尼看，等待她流露出惊讶的样子。玛尼的表情没有改变。然后老虎开始盘旋，再次扭动起来，恢复生机。

“你看清楚了吗？”我催促道，“这是一只有魔法的老虎。”

“是的，我看出来了，”玛尼耸耸肩，“那么我带着它走吧。”

珍妮、迪利普和我都沉默了。宇宙中没有什么比会变形的老虎更强大、更令人印象深刻的了。珍妮把我和迪利普拉到一边。

“伙伴们，我还是不太确定，如果是玛尼……”珍妮停顿了一下，因为虎皮地毯从我们身边疾驰而过，穿过屋顶，而玛尼像骑师一样弯腰趴在虎皮地毯上，“拿走了戒指。”她话音刚落，老虎和玛尼就消失在我们的视线里。

“你说的‘如果是玛尼拿走了戒指’是什么意思？”迪利普问。

“啊，我的意思是，如果她才是那个从我口袋里偷拿戒指的人呢？”珍妮逐渐抬高音量，“现在我们既没了戒指，也没了老虎，我们甚至不知道他们去哪儿了。”她在屋顶上跺了一脚，发出一声哀号。

“不会的，”迪利普坐在她旁边，把膝盖抱在胸前，“老虎不会离开我们的。它不会把我们留在这里。”

“不会的。”我说，试图让自己听起来信心满满。但事实上，我丝毫没有信心。

我开始感受到我们周围的世界，感受到脚下公交车站里引擎的隆隆声。我爬到屋顶边缘。红色和橙色的公交车喷出污浊的气体。街头小贩们正在城市的旅行者间穿梭，兜售着各种商品，从太阳镜到雨伞，从水煮蛋到蓝尾小公鸡。我爬回来，报告我所看到的情况。太阳迸射出炙热的光芒，楼顶上又没有多少遮挡。但水在玛尼那儿。她和老虎要多久才能回来？如果他们一去不复返了呢？

❀ ❀ ❀

在锡灰色的天空下，白色的闪电划过。迪利普数了数还有多少秒会听到低沉的雷声，一共二十秒。我们教珍妮算术，计算出风暴距离我们六点六千米远。我的心率逐渐升高。珍妮不再哭了，但她的呼吸仍在颤抖。

“对不起。”她说。

“这不是你的错。”

一阵热风吹来，迪利普突然站起来，站在烟囱上。

“坐下来，你会被人看见的！”珍妮吸着鼻子说。

“或者被闪电击中。”我催促道。但迪利普似乎没有听到我们的声音。我跟随他的目光看去，一张在风中飞扬的床单后面，隔着几个屋顶，虎皮地毯正朝我们飞驰而来，玛尼低着身子趴在地毯上面。几秒钟后，他们着陆了，老虎的爪子重重地砸了下来。

玛尼爬下虎背，向后捋了捋乌黑的头发，伸出手让戒指落在我的手掌里。

“你拿到了！我简直不敢相信——”

“你不敢相信我没有私藏戒指？”她哼了一声。

“不，”我摇摇头，“我不是这个意思——”

“我不在乎，”她挥手说道，“但你真应该看看他的脸。”她咧嘴一笑，高兴地舔着干裂的嘴唇，“他看到飞虎的影子，转过身去……”她笑得太用劲儿了，以至于几乎说不出话来，“他不知道该往哪里跑，所以……”她咕哝着，“他绕着圈子跑了起来。”她笑得弯下腰来。

没有人能抵抗住她富有感染力的大笑。珍妮也在笑，尽管玛尼大部分话都是用印地语说的。

“你真应该看看他的样子，”玛尼擦拭眼角因为大笑流出的泪水，“活像一只追着自己尾巴的小狗。我不得不抓住他，防止他摔倒。他知道我来，哦不，我们来是为了什么。”她补充道。她走向老虎，抚摸它的肩膀。

“好吧，谢谢你。”我说。然后我把戒指递给珍妮。

“什么？给我？但我……”

“你最适合戴这只戒指。只是不要，嗯……”

“再把它丢了？再也不会了。”她笑着说。

“来吧，我们必须继续前进。”

我们趴在屋顶的边缘。正下方是一辆公交车的车顶行李架，上面捆着大行李箱、手提箱和箱子。

“我们现在去哪里？”

“我们去搭顺风车！”玛尼笑了笑，跳上公交车的车顶。我们像旅鼠一样，一个接一个地跟在她后面跳上了车。我们挪动了别人的行李，用来遮住老虎。玛尼坐在老虎旁边，把手臂搭在它的背上；珍妮依偎在老虎怀里，充满占有欲地抚摸着它。

太阳在头顶上高照，车站被烤得滚烫。公交车颠簸了一下，终于开动了。当公交车转弯加速时，我胃里一阵翻腾。玛尼拧下她的水壶的盖，并将水壶递给我们。玛尼把她的萨尔瓦围巾披在珍妮的头上遮阳，珍妮回了她一个微笑。

起初，公交车在狭窄的街道上颠来簸去、走走停停，没过多久，它开始在一条宽阔平坦的公路上疾驰。四周车水马龙，热闹非凡。迪利普把头靠在珍妮的肩膀上，闭上了眼睛，但珍妮伸长了脖子，穿过行李箱看着外面。

“我真希望奶奶能看到这些。”她说。

噢，奶奶。我们所经历的一切就像是珍妮奶奶的一个故事。神奇的老虎、街头的顽童、遥远的城市……

过了很长时间，公交车减慢了速度，发出突突声。这个车站的顶棚都特别高，我们没法儿跳上去或爬上去。车站的工作人员很快就会来搬运行李。我们无处藏身，也没法把老虎藏起来。

幸运的是，玛尼有了一个主意。当乘客们纷纷下车时，她站在一个箱子上，吹着口哨。她伸出并拢的双手，开始恳求乘客和车站工作人员给她一些卢比，以交换乘客们的行李箱。工作人员们开始大喊“快下来”“不要在车上乞讨”。

一些乘客高呼着大家应该帮助孤儿，但大多数乘客都表示反对。大家都看着玛尼，以至于没有注意到迪利普和老虎从公交车的另一侧滑了下来，消失在车底。我一开始也没有发觉。

“跟着老虎！”玛尼指挥着我和珍妮，她边说边把手中的行李扔给某个人，并接住别人投来的硬币。珍妮和我从一侧爬下，跟迪利普和老虎一起躲在肮脏的汽车底盘下。行李搬运工和车站工作人员都很生气。

“嘿，淘气鬼，别偷我们的小费了！”他们喊道。我们听到司机下车，要求玛尼离开。很快，她就蹲在了我旁边。

“现在怎么办？”

“快跑！”她从公交车的车底跑到一辆食品推车的阴影里，然后从那里跳到两栋建筑之间的一个窄窄的缝隙里。我们跟在她身后，不敢回头。老虎一定跑得很快，好像没人注意到我们。通道很狭窄，我们挤在一块儿，但另一方面，我们发现自己身处的位置是一个巨人的城市公园的边缘。四周是树木和灌木，由于雨季的降水，这里树木茂密，郁郁葱葱。

在灌木丛里，我看到有人在进行板球比赛。我喜欢在公园里打板球，我知道爸爸会在人群中计分并为我加油。比赛结束后，我和阿杰会享用香草味的甜筒，不在乎高温把冰激凌弄得像柠檬一样酸。透过树叶，远处的声音忽高忽低，不时响起掌声和球拍与球的交锋声。我现在在印度了，但阿杰和我之间还是如此遥远。我的视线从打板球的人身上移开。

前方，一大片灌木丛延伸到一个大湖的湖岸。老虎穿过灌木丛爬到水边，开始无声地舔着湖里的水。我想知道它是真的在喝水，还是像迪利普说的那样，它不需要吃喝。

“要喝水吗？”玛尼又把她的水壶递给我们。

“我们还要走多远？”珍妮问。

玛尼指了指。“我们快到了。看到那边的塔架了吗？那是研究所的一部分。”

“真的吗？”我差点儿呛到。再过几分钟我们就要到了。“那我们继续走吧。”

走在城市公园沿路的繁茂树木旁或太靠近休闲区时，我们必须非常小心。突然，玛尼停了下来。

“好啦，我就把你们带到这里。你们可以看到研究所的大门了。”她指向绿叶后的一个大门，那儿有一根钢制吊杆，当汽车进出时，吊杆会上下起降。

我不想玛尼离开我们。

“你承诺过她，我们会给她点儿什么报酬的。”迪利普小声说。

我点点头，看向玛尼——满是尘土，机灵百变。我感觉整个冒险过程中她都在我们身边，但我们在今天日出时才认识彼此。玛尼笑了，露出棕色牙齿间的缝隙。她轻轻地抚摸着老虎闪亮的背部。老虎用爪子抓着空气，扭头打哈欠，发出低沉、迟钝的声音。

“老虎在说谢谢你。”迪利普说。

我卸下我的手表，刚要拿给玛尼，她就从我手里把它抢走了。

“还有这些！”珍妮从大衣口袋里掏出剩下的一包焦糖饼干。玛尼很高兴，把它们塞进自己的衣服里。我们尴尬地说了声再见。玛尼转过身去，双手合十向老虎鞠躬致谢。我们还没来得及开口说些别的，她就穿过灌木丛走了。

19

菩提树下

现在只剩下我们三个人和老虎了。研究所的大门隐约可见。警卫正在检查通行证和车辆。我们不可能神不知鬼不觉地带着老虎溜进去。

珍妮提出想留在这里。她和老虎会安全地伪装在绿树和花丛中。

“另外，我太过显眼了，”她说，“看看我这满脸雀斑和一头卷毛。不过你们可能会需要这个。”她递给我戒指。

我走在迪利普的前面，他正走在黑白相间的路沿上保持平衡。在研究所门口，我要求门卫给我们指去“国际生态保护会议”的路时，我的声音一点儿也没有颤抖。门卫询问我们的身份，另一个人大步走过来，奚落我们的衣服脏兮兮的。

“我们要找我们的叔叔。”我告诉他。

“好吧，你们找到他的时候，要告诉他给你们买些干净的柯泰衫，嘿嘿！”门卫们边笑边为我们指了方向。我们尽量不匆忙赶路，以免引起别人的注意。我们看到一张会议海报，上面展示了一条通往一个四方院子的道路。沿着一条用整齐的框状树篱围成的狭窄小路，我们来到一个点缀着树木的庭院。一个清洁工正在打扫阴凉的走道。我们问他会议在哪里举行，他指着远处的角落。会议室的门关着，但透过百叶窗，我可以看到里面坐着一屋子人。清洁工好奇地跟着我们转了一圈。

“他们很快就会出来的，”他说，“他们打算休息一下吃午饭。午餐在隔壁的场地。”我点头表示感谢，然后又朝房间里偷看了一眼。在前面的桌上坐着五个汗流浃背的人，他们每人面前摆着一个麦克风和一个小牌子，中间的一个牌子上写着：查特吉教授，英国考文垂大学。

我的视线从牌子转移到教授身上。他比网站上的照片更瘦，胡子也更白，但绝对是同一个人。

“别被吓到了，”我用有点儿被吓到的声音对迪利普说，“梅农·查特吉就在那个房间里。”

我们之前在屋顶上看到的季风风暴已经消失了。新鲜湿透的草地和潮湿的水泥地气味代替了街道上陈腐的气味，随着天气越来越热，这些气味逐渐消退。午饭时间到了，会议还没开完。我们在四方院子里一棵菩提树的树荫下，倚着突起的树根等待。一群肥胖的黑蚂蚁经过。空气愈发沉重，而等待愈发无聊。迪利普用一根细棍子在地上胡乱作画。我向后靠在树干光滑的灰色树皮上，闭上了眼睛。

在印度传说中，菩提树是众神相遇并做重大决定的地方。也许这只是因为菩提树下很荫凉，是一个可以让人冷静思考的好地方。我半睁着眼睛，清洁工在我们旁边的一个商店储物柜里，给他的储物车补货。储物柜通向一条有天棚的走道。我顶着太阳，使劲想看那个小房间里还有什么。清洁工走开了，门没锁。当会议室的门打开，一大群喋喋不休的学者纷纷出来吃午饭时，我已经有了一个计划。

“好的，迪利普，待在这里，”我站起来说道，“我要去储物柜那边。保持警惕，保持安静。我要去找教授。”我没有等他回答。几分钟后，我穿着浆洗过的白色侍者服，从储藏室出来，在路过迪利普的时候朝他眨了眨眼，走向餐厅。

我溜到一张自助餐台后面，摆出服务员的姿势。一桶桶大米、一锅锅热腾腾的咖喱和一盘盘热面包让我流口水。我看到查特吉教授加入了队列，后面跟着一群学生。

“先生，”我说，当他看向我时，我在他的盘子上放了一大坨扁豆糊糊，“我有你母亲带给你的信息。”教授看起来很吃惊。

“你在跟我说话吗？”他问道。我点点头。“嗯，恐怕你弄错了。”他想继续往前走，但前面的队伍走得很慢。

“我们去考文垂大学找过你，先生，但是学院门卫萨米告诉我们你在这里。”我继续说，教授看起来很困惑，“我们带来了这个信息，这儿。”我向教授伸出手。他张开手，我轻轻地把戒指放进他的掌心。教授低头看着手掌上的金戒指，脸色发黑。他把它拿起来，眯着眼睛看戒指里圈的雕刻字样。紧接着，他站在那里盯着我，我穿着明显过大的衣服，在给客人舀扁豆糊糊。

“你是谁？”

但打饭的队伍又开始移动了。我一直忙于为一个又一个盘子舀菜。

“在四方院子的菩提树那儿等我。”我在他身后喊着。这时午餐队伍排得很长，大厅里挤满了人，教授被推搡得消失在我的视线中。

午餐服务费了好长时间。结束之后，我用袖子擦了擦额头，走进阳光下，不敢相信刚刚发生了什么事。我快速地换回自己的衣服，迫不及待地想告诉迪利普，我和教授说过话了，我给了他戒指！老虎的诺言得到了遵守。我肩膀上责任的重担开始慢慢减轻。

迪利普像猫鼬一样站在树根上。他一看到我就跳了下来，我立刻知道出事了。

“他来这里了，拉尔，”迪利普看起来很害怕，“那个穿蛇夹克的人。他在午饭时出现了。我不得不躲在树后。他付钱给清洁工，让清洁工告诉他梅农·查特吉住在哪家酒店。”我把迪利普拉回到菩提树粗大的树干后。我很困惑，难道那人一直在追踪梅农·查特吉，而不是在追踪我们吗？他想要虎皮地毯，我们对这一点深信不疑。也许他还想把信息传递给查特吉教授……或者阻止他得到信息。

“干得好，迪利普。”我试图掩饰自己的害怕情绪。

午餐结束后，代表们慢吞吞地回到会议室，查特吉教授也在其中。然而，在最后一刻教授离开了，走向这棵菩提树。迪利普见到教授时，他的担忧似乎烟消云散了。他从树干旁探出脑袋，朝教授微笑。

“你们是谁？”教授问道。“你们想从我这里得到什么？这是什么意思？”他举起戒指问道。

“这是你母亲带给你的信息。”

“不，这不是，”教授平静地回答道，“我想知道你们从哪里得到的这枚戒指，以及你们为什么要把它给我。”

这不是我们预期中的反应。教授似乎很生气，信息似乎只传达了一半。如果信息没有被彻底理解，老虎肯定无法安眠。

“嗯？”教授坚持问道。

“拉尔，我们带他去见老虎吧？”迪利普建议。

“什么？”教授问道。

迪利普是对的，除此之外教授什么都不会相信，我们只能这样做来解释我们的动机。

“你需要见一个人。”我说，然后从四方院子向城市公园走去。

20

独自行动

教授震惊了，他似乎不太理解现在的处境。他盘腿坐在一丛蜡叶和藤蔓中，身边有两个男孩和一个苏格兰女孩，还有一只非常大、非常有存在感的老虎。他拿着戒指翻了又翻。最后，他抬起头来。

“好吧，好吧。但我还没明白。你的老虎，我承认它显然不是一只普通的老虎，否则它不会乖巧地让我们待在它身边。”他几乎自言自语地重复了我们告诉他的一切。“你们的这只老虎大部分时间是一张地毯。它会说话，它可以通过某种方式说话。让我想想。它告诉你——迪利普，一个小男孩——它有一个承诺要履行。所以你们两兄弟和你们这个朋友珍妮，是的，珍妮，你是一个和祖母住在一起的孤儿，对吗？你们三个决定帮助它。但最重要的是，有一个穿着蛇夹克的男人，他也想得到老虎，或者得到这枚戒指，或者只是想找到我。你们认为，他跟着你们到了伦敦，在伦敦你们一直骑着老虎飞行。”他清了清嗓子继续往下说。

“在伦敦，你还用一个谜语换取了这枚戒指。你找到了我——你是拉尔，是年纪最大的小孩，你在某个网站上找到了我的详细信息，对吗？为了把戒指给我，你们再次坐在前面提到的老虎背上，飞往考文垂。一个名叫萨米的门卫，对，我认识萨米，萨米告诉你我在印度。你们决定不把戒指放到我的邮箱里，而是一起来这里亲自把戒指交给我。所以你们又来了印度，”他使劲咽下一口口水，“骑在这只老虎的背上飞行到印度，”他看了看老虎，又看了看我们，“是这样吗？”

没有人回答他。但事情就是如此。听起来确实有点儿疯狂。我有点儿被困在两个世界之间。我知道一切都是真的，魔法也是真的；但我也知道，在成年人、理性、科学和事实的世界里，这一切（尤其是魔法）都不可能发生。

“那么，我们抛开‘什么’和‘怎么做到的’，我不太明白的事情其实是……”教授继续说道，“为什么？你们为什么要做这些呢？”他看着我们每个人的眼睛。我很快想到教授可能想听的内容，主动提出一个理由。

“老虎是被偷猎的，你知道的，我们认为我们的父母可能会因为试图出售非法虎皮地毯而陷入麻烦。”

其他人点点头。“另外，老虎需要帮助，”迪利普说，“拉尔说要帮助它。”

珍妮补充道：“除非信守诺言，否则它是无法安息的。”

教授揉了揉眼睛，然后揉了揉胡子。他研究了会儿这只老虎，它正在清理爪子，偶尔还拍打尾巴。“嗯，它现在遵守了诺言，”他说，“那为什么它……呃……不安睡呢？”

我尽可能婉转地回答：“也许是因为你似乎没有理解这条信息？”

迪利普解释道：“此外，它还有另一个承诺要履行，那就是它会带我们回家。”

“我明白了，”教授又揉了揉眼睛和胡子，“我不知道该怎么理解这一切。”他又在自言自语了，“我想我必须顺着这一切来理解。”他双手平放在膝盖上，提高了嗓门，“我非常感激你们。这枚戒指是我母亲送给我的，但她在我很小的时候就去世了。我父亲为我保管着这枚戒指。”

“哦，那么这个信息是你父亲传递给你的？”珍妮问。

“是的，我想是的。几十年前我们大吵了一架。我离开家，去了英国，我很惭愧地说我从来没有回去过。当然，我给他写过信，但是，”他支支吾吾地说，“没有人回信。我想这枚戒指是想传递我父亲请求我回去的意思。”

温暖的风从操场上吹来，把树叶吹得沙沙作响。

“好吧，”教授说，“我最好把你们这些孩子安全送回家。”

“别担心，老虎会把我们送回家的，”迪利普笑着说，他坐得离教授尽可能近，“它想回去看看。它会在你父亲的家里和我们再碰面。”

“什么？”珍妮和我目瞪口呆地看着迪利普。

“老虎说——”迪利普开始说。

“哦，是的，‘老虎说’！”我模仿迪利普无所不知的声音。“迪利普，”我叹了口气，“我们不能和教授一起去他家。妈妈和爸爸会担心的。”

“担心？”珍妮呻吟道，“我会有大麻烦的，奶奶会打死我的。”她充满歉意地皱眉朝老虎说道。

“这不是我的决定，”迪利普说，“老虎说它想这样做。”

当老虎决定加入我们的谈话时，我还在翻白眼。老虎的嘴合上了，它把下巴埋进爪子里，开始呜咽。它发出的声音不是一种不满的猫叫声，更像一种孤独的狗叫声。我们这回不需要迪利普来翻译——老虎在恳求我们。

“喔！”珍妮抱着老虎，并用指责的眼神看着我。我开始抗议，但其他人都同意我们应该去教授父亲家。教授的老家坐落在一座森林环绕的山的山顶。老虎打算独自动身去往森林。而我们将乘火车离开城市向北走，再从那里步行到一个茶园。教授知道茶园那里有一个小屋，我们可以在那里过夜。第二天，我们可以坐出租车上山，但老虎必须自己动身去那儿。

“在旅程中带着它太冒险了。”教授坚持道。他说如果我们和老虎分头行动，我们都会比较安全。

老虎没有反对，但我们很反对。我们不想在城市公园里与老虎分离。老虎用它黄褐色的前额贴着我们每个人，我抚摸着它的大脸。分离是这么难受，我们不得不把迪利普从灌木丛中拖出来。

在一个宽阔的十字路口，教授招呼了一辆三轮摩托出租车，我们挤了上去，坐在一张长凳上，紧紧抓牢。出租车冲进了环形交叉口的车水马龙中，驶向火车站。

随着喇叭的鸣响、摩托车加速的引擎声和公交车喷涌出的棕色尾气，我们又回到了熟悉的印度交通的喧嚣繁杂中。珍妮挤在我和教授之间，脸色发绿。她居住的城市街道一向是静谧、宽敞和井然有序的。

“放心吧，我们快到了。我看见前面有列火车。”我说。我们此刻在一个路口颠簸前行。

“我感觉恶心。”珍妮痛苦地说。教授朝司机大声喊停，车在路边颠簸着停下了。我们都爬了出来。查特吉教授笑着看向珍妮。

“这一切对你来说有点儿不适应，对不对？没事，我们从这里走过去会更快。”我们跟着教授来到一个流动市场，教授买了一个背包，还给我们所有人买了帽子。

一个骑着自行车、载着小冰箱的女士，试图向我们出售装满冷冻果汁的透明塑料袋。“不，不，”查特吉提醒我们，“这些东西可能都没消过毒，我可不想让你们吃到寄生虫！”他带着我们走开了。街上的人们盯着珍妮看，当其中一些人开始对她动手动脚时，教授让她走在我们之间，就像我们是她的保镖一样。

这里的火车站一点儿也不像英国的火车站，连英国的地铁都比不上。数以百计的人挤在站台上，成群结队地从车门和车窗进出。一个男人从我们身边经过，用绳子把一头山羊拉进车厢；另一个人挥舞着一根长长的杆，上面悬挂着鱼干，鱼干在每个人的头发丝上跳跃。

熙熙攘攘的声音交汇成不同种类的音乐，从车站的不同角落碰撞在一起。珍妮紧紧拉着我的手，教授带我们从巨大柴油发动机的高台阶上进入车厢。

我们在头等舱里发现一节没人坐的长凳。教授关上了门。没过多久，一个售票员把头探进来，一个服务员推着餐车走进来，里面有瓶装水和一盆盆辛辣的蔬菜饭。

很快，火车嘎吱嘎吱地驶出车站。它蜿蜒地驶出城市，速度非常缓慢。售票员走过来检查我们的车票，并递给我们一沓棉布床单。

珍妮打了个哈欠。

“我们可以小睡一会儿吗？”迪利普问道。我回想起灰石之家的一幕：纳尼吉只是小睡了一会儿，迪利普就用魔法唤醒了老虎。

“拉尔，你能帮帮我吗？”教授正在把床铺从车厢的墙上放下。弄好后，他继续坐在下面的长椅上，我们爬上床铺，蜷缩在套了塑料膜的床垫上。

车厢平稳地摇晃着，我闭上了眼睛。尽管火车的速度很慢，但我的思绪转得飞快。老虎在哪里？老虎会飞吗？没有迪利普在身边，老虎可以自己飞吗？穿蛇夹克的人在哪里？他是谁？他为什么要追踪教授？

我从铺位上爬下来。教授坐在那儿，凝视着窗外泛着威士忌般黄色的田野。我坐在他对面，靠在迪利普脚边，也向外张望。

“还有几个小时才到。”教授说，“你想睡的话还可以回床铺上睡一觉。我们在终点站下车，不会坐过站。”

“我刚刚没有在睡觉。”

“噢，那你是在想什么事情？”

“其实……”我不太确定该说些什么，“教授，老虎之前说‘时间自有安排’，但时间在不停地流逝，我们正越行越远。我指的是，离妈妈和爸爸越来越远。”

教授将头抵在胳膊上。迎着翻腾的气流，他短暂地闭上了眼睛。

“我想，我们应该相信老虎，拉尔。老虎已经带你走了这么远，会让你安全回家的。但是如果中间出了什么问题，我可能应该了解更多关于你的信息。你姓什么？”

“帕特尔。”

教授笑了。

“帕特尔。一个好姓。你知道它的意思吗？”我不知道。“它的意思是‘村长’。按照传统说法，叫帕特尔的人都是很好的领导者，拉尔。我认为你确实是很好的领导者，不是吗？你一直在领导着这次探险，不是吗？”

我从来没有认真地想过我是领导者。珍妮最爱发号施令。迪利普拥有使老虎复活的魔法，是可以用古老语言和老虎交流的那个人，但他并没有参与很多决定。我是一行人中（除了老虎外）年纪最大的。年纪最大意味着要担负起责任，即便我不想承担这些。不过，老虎把我们带到了这里，所以也许老虎才是我们的领袖。

老虎。如果它没能回到山林呢？

教授手指上的戒指熠熠发光。

“你觉得那个穿蛇夹克的人想要得到什么？”我问道。

“嗯，我一直在想这个问题，”教授噘起嘴，“你无意中听到你父母说起这个人想要虎皮地毯。也许，这个人知道虎皮地毯有魔法。你能想象一只神奇的老虎值多少钱吗？”

我之前从没想过，穿蛇夹克的人也许把虎皮地毯当作摇钱树。“美容院的那个叫安吉拉的女士说，一个男人几年前去过埃克斯拍卖行，他是从印度来的，他打听过老虎和那个盒子。”

“这是真的吗？”教授皱起眉头，“如果这两个人是同一个人，那说明他还没死心呢，对不对？他一定出于某种原因非常想要得到它。”

“但他为什么不按照他计划的那样从妈妈和爸爸手里买呢？他为什么要跟着我们去伦敦？”

教授摆弄着他的戒指：“我在想，他是不是在跟踪你们，拉尔。这也可能是个巧合。毕竟如果你们两方都在调查同一件事，也就是我和我的这条信息，那么你们最终会在同一个地方相遇。”

我回想起我们在树屋角偷看到穿蛇夹克的人的那天。他跟妈妈进行了交谈，然后没拿到地毯就离开了。妈妈和爸爸可能最终决定不出售地毯。

我再次望向窗外的田野和银蓝色山脉。另外一件事情正困扰着我：我们三个小孩相对轻松地（好吧，不算容易，但也不是不可能）就找到了这位教授，然而他自己的父亲这些年来一直没有找到他。如果他费这么大的力气让一只神奇的老虎给他的儿子捎个信，却在信息显然还没有送达的时候放弃寻找，这也太奇怪了。

❁ ❁ ❁

这趟车终点站的车站规模很小、很安静，至少与前一站相比是这样。教授挥手拒绝了沿街出租车和酒店住宿的邀请。他停下来买了一瓶瓶装水和一串香蕉，把它们和我们的帽子捆在一起，放进他的包里。在去茶园的路上，我们没怎么说话。

炎热的空气和飞舞的昆虫在傍晚的薄雾中嗡嗡作响。在路途中的一个斜坡上，我的眼前出现了一栋粉刷过的红顶白屋。小屋主人热切地和教授打招呼，仿佛是在迎接失散多年的亲兄弟归来。

在吃完一顿简单的晚餐后，我们每人拿了一桶干净的水来洗澡。日落后不久，小屋主人给了我们干净的被褥，带我们去了客房——我们睡一间房间，教授睡一间房间。

我们爬上了床，教珍妮如何把蚊帐塞进床垫里，这样她就不会被蚊子叮咬了。珍妮说，这让她觉得自己像个公主。不过我的蚊帐上有个大洞，这让我觉得自己像个穷光蛋。

“我睡不着。”迪利普低声说，他甚至都没尝试着入睡。

“我也是，”珍妮小声说，“老虎怎么样了？我们什么时候能再见到它？”

我们谁也不知道答案。躺在黑暗中，我开始讲起草袍公主的故事。在讲到她逃跑的剧情之前，我们都睡着了。

21

森林女神的传说

我把头埋在枕头下，以隔绝公鸡的打鸣声。太阳还没升起，小公鸡就叫了起来——外婆说得对，我睡意蒙眬地想，原来灰石之家周围确实有只小公鸡。然后我想起我们现在不在灰石之家，也不在苏格兰，我们在印度，在山脚下的斜坡上，和梅农教授在一块儿，和老虎身处两地。

我把枕头扔下床，坐在蚊帐里。迪利普四肢伸开，打着呼噜。珍妮没发出任何声音。空气中有一股寒意。我躺下来，盖上毯子，拉到下巴，一动不动，直到茶园的铃声叮当作响，召唤采摘茶叶的人去田里，我才起床。

整整一个小时后，其他人才起床。那时我已经和工人们一起吃了煮蛋和烙饼，穿上了我崭新的睡衣和运动裤，这是我唯一干净的衣服了。我走到茶园，看着穿着纱丽的女人，有些女人抱着孩子，将茶叶摘下扔进腰部或头顶的篮子里。这看起来是一项艰苦的工作，即使是在阳光明媚的早晨。

当我看到其他人时，他们看着都比我有精神，我羡慕他们能睡这么久。珍妮蹦蹦跳跳地准备出发。

“不要让老虎等我们！”

但是教授和小屋主人带来了一些坏消息。

“看来这条路在维修中。”教授说。小屋主人拧着自己的手，喃喃自语这条路“车辆无法通行”。

“别担心，”教授的语气听起来充满希望，“这条路可能无法通行，但我们可以走山路。我们徒步前行，在傍晚能到达那里。”

“那要走很长一段路。”小屋主人说。

珍妮对着山呻吟，我对她的痛苦感同身受。徒步？一直走到山顶？穿着睡衣？但教授坚持我们以这种方式上山。我们在一片祝福声中被护送上路。

刚开始徒步的时候还很有趣。我们聊天，玩着“我说你猜”的游戏。在尘土飞扬的小路上，一辆牛车从我们身边经过，过了一段时间，闲逛的学童也从我们身边走过。空气中有股木柴燃烧的烟味。起初，我们没有注意到小路逐渐向上倾斜。阳光温暖地照在我们的背上，刺痛着我们的脖子，珍妮特别庆幸我们戴着帽子。我们的聊天声逐渐变小，步伐变慢，但我们继续向前走，只是时不时停下来喝一大口水。

教授转弯，走向一条偏离主道的小径。这条路很陡峭，布满岩石。过了一会儿，正当我在想我可能会掉下去的时候，教授停下了。

“休息时间到了！”他一边宣布休息，一边把我们领进一个凉爽的山洞。我们吃了些东西，喝了水，在那儿休息了会儿。“快到中午了。我们很快就要到山阴下了。”

珍妮跳起来，迫不及待地准备出发，但教授坚持要我们等待，直到午后最热的时间段过去再出发。山谷四周绿意盎然，宁静祥和。远处，铃铛声叮当作响。我靠在岩石上，眼皮变得沉重。叮当声让我想起一扇缓缓打开的门，但我不记得那是哪扇门了……

当我醒来时，教授正朝着我微笑。

“是时候继续前行了，拉尔。”

小睡的时间并不长，但睡眠很深，我重新振作起来，尽管我还是希望能有一副新脚代替我这双沉重的脚。在我们下面，绿色的森林绵延数英里。我又听到森林里传来的铃铛的叮当声。我顺着声音，指了指一圈盘旋在岩石上的鸟。

“难得一见，”教授皱着眉头，“它们是秃鹫。准确地说，是印度秃鹫。这是一种濒危的印度品种。它们可能找到了一些新鲜的腐肉。”

濒临灭绝的生物，死去的动物……

“如果那是老虎呢？”珍妮脱口而出。一想到这里，我们不安地转过身来。

“老虎能死两次吗？”迪利普问道。

没有人回答。“好的，孩子们，”教授朝我们点点头，“出发吧！”

我沿着小路往前走，盯着前方的一处——一块闪烁着银光的岩石。它看起来像是另一个很好的休息之处，距离山顶只剩不到一半的路程。我们还要花几个小时才能登顶，我只想尽快完成这次探险。

我比自己想象中要更加强壮。虽然我肯定不如街头孩子们那样强壮，但我一直是一名优秀的板球选手，为此我必须有强健的体魄。迪利普一直是个爱登山的小孩，但我从没想过我会带领他爬山。如果爸爸现在看到我，他会揉乱我的头发，而我不会抱怨。

我从脑海中抹去爸爸的画面，开始数数来消磨时间——数我的步子，数白色的石头，数突然出现又迅速飞走的橙色的小蝴蝶。我确认了一下周围其他人的情况。迪利普落后了。

“嘿！”我喊道，下面清晰地传来回声，“我们在这里停一下，喝口水。”我们从水罐里小口喝水，心跳逐渐平稳。

“我认识这条路，”教授说，“下一个休息的地方不远了。”

“是那里吗？”我指向闪闪发光的岩石。

“就是那儿，”他点点头，“它发光是有原因的。我们过去吧，我带你们去看。”教授把他的背包递给我，把迪利普背到背上，就像茶园里的女人背着她们的孩子一样。我们又出发了，沿着陡峭的小路向前走。

我们步履蹒跚地走着，冷风使劲吹着我们发烫的脸蛋。终于，这条小路平直地延伸到一片平坦的茵茵草地上。

“哇！”珍妮向岩石跑去。迪利普从教授的背上跳下来。我放下包，全身肌肉酸痛，耳朵嗞嗞作响。我冲到白色大理石边上，脸颊抵着大理石冰冷的表面。岩石的一部分向西凹陷，捕捉到午后的光线并将其反射出去，像一块巨大的镜子碎片。

“这是谁做的？做的是什么？是谁的雕像吗？”珍妮惊奇地问。大理石被雕刻成一个坐着的人形。我一直靠在大理石雕像一条盘起的腿上。

“没人知道这是谁做的。”教授回答说。我们目瞪口呆地看着这尊宏伟的雕像，它如此光滑，与崎岖粗糙的地貌形成鲜明对比。“传说这是森林女神的雕像。她会保护她下面的动物和植物，但前提是住在山上的人崇拜她，并帮助保护它们。”

“一个多世纪前，这座山顶上的宫殿被攻占了。准确地说，是被英国人攻占了。这些侵略者嘲笑这个传说，毫无疑问，他们并不崇拜女神。这片森林在过去几个世纪都保留着原始生态，但就在短短几十年间，森林中修建了一条横贯其中的铁路，捕猎者们涌入森林，践踏和掠夺野生动植物。森林里的树木被推土机推倒，侵略者们获得了原木。当英国人终于离开时，这座宫殿被归还给它法律意义上的主人——我的家族。”教授停下来，看着自己的指甲，陷入了沉思。

“我的父亲想恢复这里的自然风光。他知道森林女神的传说。他经常徒步走到这个雕像前，膜拜女神。他反对大型伐木公司，并将这片森林登记为生态保护区。但那些公司会在夜里派卡车进来，我们很难阻止偷猎者。关于我父亲的故事流传开来，故事讲述着他如何与动物和神明交谈。他告诉报社记者，他能听到女神在森林中翩翩起舞时脚镯的铃声。”他看着我们，“报纸上说他早就疯了。”

我也听到过铃声，就在我们看见秃鹫的时候。我还听见了其他铃声，在灰石之家，在安吉拉的商店门口，在打开纸质餐盒时。森林里的魔法一直与老虎如影随形，我非常确信这一点……要么这是事实，要么就是我也疯了……

“我父亲很勇敢，”教授继续说道，“但他无法独自与伐木公司和偷猎团伙抗争。他希望我留在这里，和他一起保护森林。我当时很年轻，也许还很愚蠢。我想去英国留学，学习保护我们家园的不同方法，追寻我自己的梦想……”他的声音颤抖着，“父母是多么有趣的存在啊，”他咕哝道，“他们教你要独立思考，然后又想告诉你应该怎么做。”

下午，山间的空气滚烫沉重，山林的氛围也在变化。这里正在进行一场战斗。这是森林的魔法和外部世界之间的战斗，是那些想将这个美丽家园拯救于水火之中的人和那些只关心如何从它的富饶中牟取利益的人之间的战斗。甚至连教授和他的父亲之间也爆发了一场战斗，尽管听上去他们只是在以自己的方式为森林而战。我想起了爸爸和纳尼吉，他们也总是吵架。现在我才意识到，他们想达到的目的其实大多数时候是一致的。

“那么，你父亲为什么没法原谅你？”珍妮问教授，“因为你离开了这里？”

“是的，没错，”他叹了口气，“他说，如果我去英国，我就是背叛了他，背叛了印度。在他的成长过程中，英国殖民印度时期的记忆使他无比痛苦。终究是英国人先毁坏了森林。他说，如果我去英国，他会把我赶出我们的家园，我再也不是他的儿子了。”

“但你还是抛下一切去英国了？”珍妮惊叹道。

“我还是去了，”教授回答说，“并且我再也没有回来。”

“但你往家里写了信呀。”迪利普为教授辩护道。

“是，但就算你写了信，”珍妮皱起鼻子说，“你父亲也没来找你呀。”教授摇了摇头，看上去并没有把珍妮的直率放在心上。

“我对这一切感到很内疚，这种内疚开始支配我，”教授的脸上露出痛苦的表情，“我害怕我永远都得不到原谅。每年我都匿名捐款用以保护森林。我真的想获得父亲的接纳。我一直都很懦弱，我无法告诉你们现在回到这里对我来说意义有多么重大。我只希望一切为时未晚。”

我们不知道该说什么。在我手腕原本系着手表的地方，一只小小的绿苍蝇停留了一会儿，然后快速飞走了。

“天越来越晚了。”我说。我们站起身，收拾好东西。我再次走在最前面，这次是我主动上前的。我一步一步向前走，试图踩掉我愈发担忧的思绪。我们慢慢地、痛苦地爬到了山顶。

22

久别重逢

通向山顶的小径逐渐收窄消失，我们不得不穿过锋利的草丛和带刺的树枝奋力向前。最后，我们走到一条平坦宽阔的路上，这条路通向一扇高大的门。教授敲响了大门旁边的牛铃，我们透过大门上交织的金属栅栏，看着这座仿若宫殿的庭院。眼前铺展开一片整齐的草坪，上面种有橙树，草坪的尽头是呈扇形的大理石台阶，一级一级延伸到一座宏伟的白色豪宅门口。教授再次敲了一下牛铃。没有其他声音传来。太阳快下山了，空气中有一股寒意。就在教授再次伸手去敲铃的时候，我看见昏暗的天色下出现一道人影。

“看！”我指着一个穿着园艺工作服、手提着油灯的男人说。男人匆匆穿过草坪向我们走来，一遍又一遍地道歉。当他走到我们面前时，他突然停了下来，举起灯照亮教授的脸庞，他的身形摇晃起来。

“你好，卡姆。”教授说，“你认出我了吗？”

停顿了片刻，那人举起油灯想看清我们其他人。他揉了揉额头，头巾下眉头紧皱。他朝教授点头，然后打开挂锁，解开门上的锁链。门吱的一声打开了。

“这些是我的朋友，拉尔、珍妮、迪利普。孩子们，这是卡姆。小时候卡姆和我常在一起玩。那时他的父亲是庄园的门卫，我看他现在也是门卫了。”教授朝前点头，微笑着向他的老朋友张开双臂，“卡姆，见到你多高兴呀！”

但卡姆身体僵硬，仿佛他和教授对于这次重聚的感受不太一样。珍妮、迪利普和我交换了一下眼神。

我们走在路上，教授问起了花园、房间的维护，其他工人之类的事情，卡姆骄傲地回答，仿佛在说尽管教授不在这儿，一切也都很好。但当教授问及他的父亲时，卡姆的语气变得强硬起来。

“做好心理准备吧，梅农，”他说，“时光飞逝。他和我们所有人一样，都变老了。你会发现你的父亲已经是个老人了。在你离开后，他继续尽力照顾山谷，但……”卡姆犹豫了一下。

“我不应该那样离开的。”教授承认。

“你……你的离开几乎把你父亲击垮了。”

我被自己的脚绊了一跤。卡姆高高举起油灯，扩大光亮的范围。“什么让你回来了？”他问道，“你离开了太久。”卡姆的声音紧绷着，语气里充满责备。

“是这些孩子，”教授朝我们笑了笑，“他们给我带来了一条信息，是父亲很久以前发给我的。我一直以为他不想再见我了，但现在我意识到也许他是想见我的。”

卡姆不友好地朝我们撇了撇嘴。珍妮朝我挤眉弄眼。

我们继续往前走，油灯摇动时吱吱作响。“你父亲因为你伤心了很久很久，”卡姆说，“他还为森林中老虎的死亡感到悲痛。在你离开后不久，最后一只老虎也被射杀了。”

“最后一只老虎？”珍妮大喊道。

“很可惜，珍妮，这一带已经没有老虎了。”教授说。

“整个森林里都没有老虎了？”

“这是我从事育种项目的原因之一，”教授的声音里有种为自己辩解的意味，“现在老虎是高度濒危物种。如果我们不用心呵护，我们将永远失去它们。”

珍妮还想问更多的问题，但我们已经到了门口。当我们走进灯光昏暗的大理石门厅时，我们三个人都紧贴着教授。卡姆消失在一扇侧门里，返回门厅时他的身边多了一个年迈的男管家。老人满脸皱纹。当他看到教授时，他的眼眶里顿时盈满泪水。他们拥抱在一起。

“欢迎回来！”管家说。他的声音细小而虚弱。“进来，进来，这边来。你父亲在外面。”老管家挽着教授的胳膊肘。

当管家领着我们向前走时，卡姆留在了门厅那里。我很高兴他没有跟着我们。

管家拉开了一扇推拉门，带我们走进一个带白色栏杆的大阳台。两侧的巨大石柱上长满茉莉花，悬挂的灯笼在空中散发出一丝煤油的味道。夜晚来临，夜色沉沉。阳台下面黑黢黢的某处传来喷泉的潺潺水声。

迪利普站在我旁边，哆嗦着。我不知道他的哆嗦是因为夜晚很冷，还是因为他（有点儿和我一样）感到害怕。我悄悄贴近他。阳台的那头，我的影子也在悄悄移动。一个老人弓着腰，望着夜空。教授朝他走去。

“爸爸。”他的声音干涩喑哑。老人没有转身。管家催促教授向前走。“爸爸，是我，梅农。”

尽管如此，老人还是一动不动。教授走上前，手搭在老人的肩膀上，老人转过身来。在灯光下，老人的面庞看上去慈祥而悲伤。突然，他倒抽了一口气，倒在教授的怀里，他们紧紧地拥抱在一起。

我忍不住想看看，又想移开视线。当老管家示意我们为他们二人留一些说话的空间，跟着他回到室内时，我如释重负。

房间很大，壁炉里的火焰熊熊燃烧。我们脱下鞋子，坐在柳条垫子上，管家随后离开了。我想知道老虎此刻在哪里，希望它很快就会到这里和我们会合。一想到它是上千公顷森林中仅存的唯一一只老虎，我心里就很难受。

管家回到了房间，带来一盘热腾腾的面包卷和温热的姜味橙汁。我们狼吞虎咽地吃着，顾不上说话，但教授和他的父亲一定有很多话要说，他们说了很久很久。

当他们出现在房间里时，我们的眼睛都要闭上了，连管家都在打瞌睡。

教授的父亲年老体弱，出于某种原因，我原以为他会像教授一样长着胡子，戴着眼镜，但他两样都没有。他说话的时候双手不停地比画着。他告诉我们，近四十年来他每天晚上都会站在阳台上，幻想着教授在身后呼唤他的名字，他很早以前就不再因为这样的幻想而期盼地转身了。

“不过，这一次美梦成真了。”他微笑着，用拇指紧紧地按着我们每个人的额头，就像正在祈祷的牧师。珍妮往后缩了缩，脸红了。

“老虎呢？”迪利普问道，“老虎来这里了吗？”

老人告诉我们，今天下午出去散步时，他看到了一只老虎。他以为自己像往常一样出现幻觉了。“但我有种预感，这是一只真实的老虎。”他笑着说。

“肯定是真实的。”迪利普打着哈欠说道。

“你的哈欠告诉我现在肯定很晚了，”老人说，“我们可以早上再聊。”他让管家带我们去睡觉的房间。

迪利普和我共享一张四角有四根柱子围成的大床。笔挺的床单和柔软的枕头就像是对我们长途跋涉的奖励。但当我躺在床上听着迪利普睡觉的呼吸声时，我很想念我鹅黄色的房间里铺着松软床垫的床。我记不清我们在外度过了多少个晚上。我想知道妈妈和爸爸在做什么。一个个思绪汇入梦里，组成奇怪又支离破碎的梦。梦境里的走廊上传来两个男人的声音，忽远忽近，交错盘旋。纳尼吉在唱歌。“嘎——”我听见一声乌鸦的叫声。一条银蛇在蜿蜒爬行。门卫手里的灯笼发出忽隐忽现的光。

23

我说你猜

第二天早上，当我们踮着脚走下大理石楼梯时，管家正在等我们。他带我们到早餐室，给我们倒了果汁。珍妮还在床上。

我意识到这是我们前一天晚上经过的地方，这个房间的滑动门通向阳台。管家打开了门。清晨寒冷的空气渗透进来，阳光透过一棵参天大树在玻璃上留下斑驳印记。在昨晚那漆黑的夜里，我都没有注意到这棵大树。

教授吹着口哨，和他父亲一起走进来并落座。管家倒了两杯浓黑咖啡。老人向他点了点头，然后看向我们。

“有人告诉我，你们两个男孩很擅长玩‘我说你猜’的游戏。是真的吗？”

“我擅长！”迪利普激动地尖声回答。

“哦，很好。我有一个专门为你和拉尔准备的谜语，”老人长长的手指抵在嘴唇上，“‘我’有一双小眼睛，‘我’的英语名字以‘T’开头。”

我们扫视着房间，回答“桌子”（table）、“瓷砖”（tiles）、“电话”（telephone）、“茶匙”（teaspoon），老人都摇摇头，然后我看到了它。

我不知道我们刚才怎么没发现它——坐在阳台上的老虎。我们爬起来，向它扑去。它扭过身子，环在我们周围。它用鼻子蹭着我们的肩膀，几乎把我们压倒在地。老虎的毛发散发着我们精彩冒险的味道和晨露的味道，隐约可以闻见灰石之家的味道。就在这时，珍妮出现了，她看上去无精打采，带着暴躁的起床气，但她一看到老虎，就眉开眼笑地跑了过来。

教授离开了房间，因为卡姆邀请他在自己的门卫室共进早餐。我们和教授的父亲一起吃吐司和炒蛋，我们意外地发现他是个很有趣的人。

他给我们讲了关于教授的故事，并给我们出了好多谜语。他告诉我们，他帮助教育当地村民开展反偷猎工作，他和卡姆最近购买了一个大笼子，以便将受伤的动物带到救援中心。他们是用一个匿名捐赠者寄来的钱买的，而这些年来这个匿名捐赠者正是梅农教授！老虎躺在我和迪利普之间，舔着它的皮毛，我把脚搭在它温暖的背上。

管家收拾餐盘时，我环顾房间四周。这里是那么壮观，尽管和玛尼的排水沟截然不同，但距离我以前生活的那个“印度”仍是天差地别。

餐盘收完后，教授的父亲邀请我们去散步，参观他第一次遇见老虎的森林。我们沿着树林里的一条小路离开宫殿后的花园时，教授追上了我们。

教授的父亲告诉我们，在教授离开后，他常常一个人走到这里来。一天，当他来到一块林中空地时，老虎凭空出现在草地上，和他坐在一起。下一次，以及此后的每一次，当他途经这儿去森林散步时，老虎都会出现在他身旁，和他一起前行。他开始和老虎说话，向它吐露心声。“这儿有着远古的魔法。”他四处张望。

“这魔法来自森林女神？”珍妮问。

“也许是的，”老人笑着说，“迪利普的情感似乎也把它唤醒了。也许他的情感和我的相似。你们想念家，我想念儿子。”

我好奇地想，我也很想家，为什么老虎没有选择我呢。尽管我没有大声问出口，但老人似乎回答了我的疑问。

“迪利普，你不仅仅是相信老虎说的话，你信任老虎，就像我之前信任它一样。”他向老虎微微点头。

我们排成一列向前走，教授的父亲带路。他年纪这么大了，却走得很快。我落后了一大截。老虎走在我们旁边，身体半掩在灌木丛中。

“那么你把你的故事告诉老虎之后，发生了什么？”珍妮问。

“哦，它答应会帮助我，”他回过头对我们说，“正如你们所知，老虎拥有优秀的追踪能力。我想到一个好主意，我可以让老虎捎个信息给梅农——通过那只戒指。戒指是他母亲给他的，我知道它可以清晰地传递出我的意思。我很抱歉，我多么希望他可以回家。”我没有告诉他，在我们第一次给教授那个戒指时，它所传递的意思并没有那么清晰。“我把我的计划告诉了卡姆，他同意了。除此之外，我们都无能为力。”

他向我们描述了那个重要的日子，即老虎出发去追踪教授的那一天。他把一个小帆布钱包拴在老虎的脖子上，里面是一个装着戒指的盒子。他看着老虎慢慢离去，它身上的斑纹消失在枝繁叶茂的丛林中。

“在我回家的路上，我听到了枪声，”教授的父亲在路上停了下来，“我吓坏了。我跑回森林，但迷路了。幸运的是，卡姆来了。他一直在巡逻，以防有人偷猎。他也听到了枪声。我可以信任的人太少了——当时偷猎正处于最猖獗的时候——幸好卡姆在我身边。”

教授脸色发白，满含歉意。

“尽管卡姆一直在努力寻找开枪的人，但偷猎者从未被抓获，我们再也没见过老虎。”我浑身起了鸡皮疙瘩。有人知道老虎的下落，那个穿蛇夹克的人。他是否与偷猎者有关？森林越来越茂密，空气更加新鲜，散发着泥土的气息。天气很闷热。我们又开始往前走。

教授说：“父亲，卡姆对你很好。”

“嗯，他也去找过你，就在有人射击老虎之后，他去了英国试图找到你。你们肯定不相信吧，他刚刚才回来……”但前方老人的声音渐渐消失了，我没有听到他在说什么……教授在我面前突然停下，气喘吁吁，头晕目眩。

“你还好吗？”我问他，他显然状态不对。他弯下腰捂住肚子。其他人已经在那条细窄的褐色小路上拐了弯，我能听到他们的脚步声和渐渐远去的老人的声音。“迪利普！珍妮！”我在他们身后喊着。教授靠在一棵树上，站不住了，几乎半跪着。“救命啊！”

突然，老虎从厚厚的蕨类植物中出现了。它看着我，大声而急促地吼叫着。很快其他人就过来了。教授正在作呕，往灌木丛中吐着泡沫。

“发生什么事了？”珍妮大喊。教授的父亲冲了过来。教授汗流浃背，身体摇摇晃晃，挣扎着开口。

“珍妮，迪利普，”老人说，“沿着我们来时的路往回跑。拜托你们了，告诉卡姆快点儿来这里。”

他们飞奔而去，我和老人把教授拉起来。他很重，身体摇摇晃晃，但老虎稳稳地支撑住他。教授用颤抖的手攥住老虎脖子后面的毛。每走几步，我们就要停下来，因为教授要蹲下来干呕。当我们从森林走到浅色的林地时，我透过树木的间隙再次看到宫殿。教授的父亲一直在用安抚的语气说话，劝说梅农和老虎一起向前走。

当我们走到花园前的最后一段路上时，迪利普、珍妮与管家一起出现了，他们没能找到卡姆。我们帮助梅农穿过一片柔软的草坪，把他放了下来。他气喘吁吁地在草地上打滚。泡沫聚集在他的嘴角，卡在他的胡子里。教授的父亲扶起他的头，用手帕把他的脸擦干净。

男管家挽起夹克袖子，用他苍老而轻柔的双手检查了梅农的眼睛和脉搏，并戳了戳他的肚子。

他抬头看着我们，用轻柔而坚定的声音说："有人对他下毒了。"

24

穿蛇夹克的人

数到三，我们合力让教授坐了起来。他的父亲托住他的下巴，用力打开他紧咬牙关的嘴巴，以便管家插入注射器，将深色糖浆推到他的喉咙里面。梅农把糖浆吞下去了，身体依然在扭动。

“这是活性炭。”管家解释道。他之前跑到房子里拿来了活性炭。“他已经排出大部分毒药，而活性炭可以阻止他吸收体内剩余的毒药。”他一边说着，一边揉搓着教授的肩胛骨。

“他会没事的吧？”珍妮的声音颤抖着。

“肯定的，”管家笑着说，“他需要医生，不过他应该很快就会恢复。他服下了很大剂量的毒药，但正如我说的，他已经排出其中的大部分。我们坐在他身边吧，等解药起效。”

我握紧了拳头。“这是谁干的？”

教授的父亲抬起头来。他眼中含着泪水。

“也许这是个失误。”

“可是教授怎么会被误毒呢？”

老人叹了口气。“下毒是一种古老的偷猎伎俩。枪声太大，被困住的动物会尖叫。毒药可以悄无声息地杀死动物，因此偷猎者会把毒药放在诱饵上。也许梅农误服了毒药……”但他自己都不相信自己说的话。老虎在我们周围的花园里巡逻，它的尾巴摆动着，耳朵警惕地颤动。

珍妮说：“我以为这里已经没有老虎了。”

老人抚摸着梅农的额头。“也许昨天有人追着老虎来到了这里？也许，你们知道的，除了老虎之外，偷猎者还捕杀和贩卖其他动物。穿山甲、羚羊、蛇……”教授再次开始扭动，头左右晃动，然后闭上眼睛向后倒去。“在太阳升得更高之前，我们把他弄进屋吧。我们需要其他人手——卡姆在哪里呢？”

由于卡姆下落不明，我们让老虎帮忙抬教授。老虎的身子弯得很低，方便我们把教授放到它的背上。老虎因为载着教授背影一高一低，它背着教授穿过草坪，走进大理石宫殿。

管家走在我们前面，把一楼房间的窗帘拉开。他拿来一条毯子。教授躺在一张长椅上，他的父亲拉过一把椅子，和他坐在一起。

管家把我们带回了前一天晚上我们等待的地方。我的胃因担忧而痉挛，但至少这次老虎和我们在一起。它坐在垫子上。珍妮不停地站起来向窗外看。

过了很长时间，管家进来了。他把一盘煎饼、柠檬水和一个盒子放在桌上。“梅农恢复得很好。因为上山的道路被封了，所以医生来不了这里，但这没有关系。医生说我们对梅农的处理是正确的，让我们放心。梅农现在必须休息，睡个好觉后他就会恢复强壮。护林员正步行过来，他们很快就会来报告是否有看到偷猎者。”他打开盒子，把它放在坐垫上给我们看。盒子里满是教授小时候的旧照片。“我想你们可能想看这些照片。”

“看！”珍妮大笑，她看着照片里是戴着派对帽的十一岁的教授。“哦，那是谁？”她指着照片边缘的一个男孩问道。

“那是卡姆。”管家回答道。他拖着脚走出房间，带着老虎一起去看望教授。我拿起照片仔细看了看。毫无疑问，那就是卡姆，他站在不远处看着教授。他的表情不知为何让我感觉有些不舒服。我快速浏览了其他照片。教授在为第一天上学着装打扮时，卡姆正紧紧盯着他；卡姆拿着教授的手提箱；卡姆在为教授的小马驹备好马鞍；卡姆总是那个站在教授身侧的仆人。他的表情在所有照片中都是一样的，和我们第一次见到他时的表情一样。我放下照片，我的脑袋嗡嗡作响。

“我不信任卡姆。”我说。

珍妮正喝着柠檬水，她的牙齿抵在玻璃杯边缘。她打了个嗝——这是她在玛尼的阿姨家吃过早餐之后养成的习惯。“嗯，他肯定不喜欢教授回来，是不是？”她说。

“不，我觉得他从来都不喜欢教授。看看这些。”我给他们看了照片，“关于卡姆去英国的事，教授的父亲都说了些什么？”我当时没有听完老人说的话，教授在路上停下来了。

“哦，”迪利普回答，“老虎被枪击之后，卡姆去英国寻找教授。教授的父亲派他去的，目的就是寻找梅农。”

“所以大约是在埃克斯出售虎皮地毯的同一时间？”我说。

珍妮张大了嘴。“安吉拉说有人——一个来自印度的男人——一直在四处闲逛，记得吗？如果那是卡姆，意味着他知道老虎被枪击之后发生了什么。他想要得到老虎和那条信息。”

迪利普补充道：“而且卡姆刚从外面回来。”

“什么？”我看着珍妮。

“迪利普说得对。教授的父亲说我们肯定不相信，卡姆昨天才从伦敦回来。他在伦敦寻找教授，但没有找到。他说卡姆一路跟着教授去了孟买，但教授没在他预订的酒店里。”

就在此时，我的目光落在另一张照片上。这张是在门卫室拍的。这是一张梅农和卡姆的合照，在他们旁边一位老人——那是门卫——正背对着摄像机。在他的夹克上，我辨认出蛇的形状。我大吃一惊。

“卡姆看到教授并不开心，”我说，“卡姆在寻找教授和虎皮地毯，卡姆在那个会议上寻找教授。”

“他甚至在打听教授住在哪家酒店！”珍妮反应过来。

迪利普咽了一口口水，皱起眉头。“你们的意思是——”

“那个留着长发、穿着蛇夹克的男人就是卡姆！”

“哦，不，”珍妮的语气安静下来，“卡姆刚刚还邀请教授和他一起吃了早餐……”

突然，我想起教授在火车上对我说的话。如果穿蛇夹克的人知道魔法的事情，他就会知道老虎的价值。卡姆不仅仅想要除掉教授，他还想得到魔法。一张神奇的虎皮地毯价值连城。恐慌从我的脚趾蔓延到我的耳尖。

“老虎，”我听见自己开口说，“老虎在哪儿？”

珍妮已经走到了窗边。“哦，不！不！……”她猛地转过身，迪利普已经在飞奔了。我们都以最快的速度跑进大走廊，跑上台阶，穿过草坪，来到老虎站着的地方，和卡姆面对面。

25

困在笼中

门卫室的一侧是一个大金属笼子，就像你以前在马戏团里看到的那样。我知道这一定是教授的父亲在早餐时提到的那个笼子。笼子的门大敞着。在卡姆和笼子之间，老虎站在那儿，像雕像一样一动不动。卡姆的一只手上拿着一根长长的手工鞭子，当我们走近时，他用鞭子猛击老虎两侧的草皮。我们放慢脚步，喘着粗气。卡姆和老虎笔挺地站着，死死地盯着对方。

卡姆短暂地转过身来，把目光从老虎身上移开，打量着我们。他在咀嚼包叶槟榔，一片槟榔叶中包着会渗出红色液体的特殊坚果——纳尼吉很厌恶槟榔。卡姆将口中的一些包叶槟榔吐到草地上。

“退后。”他命令道并再次挥鞭，一点一点地走向前，迫使老虎后退，离笼子越来越近。

“下毒的人是你，对不对？”我问道，“你给梅农下了毒，现在你想偷走老虎。你没能从灰石之家那里得到虎皮地毯，但你知道虎皮地毯里有魔法。现在老虎来了这里，你觉得你终于能得到它了。”

卡姆冷笑着，双臂紧绷。他全神贯注地盯着老虎，让老虎停在原地。老虎的沉默令人不安。

珍妮勇敢地向前迈出一步：“你不想让梅农回家，所以这些年来你一直在阻拦他。你在英国从没有真正找过他，你只是想把戒指里的那条信息拦截住，以防梅农收到它。”当老虎低下头蹲下，一只爪子向前伸去时，卡姆又吐了一口口水，并向左稍微移动了一些。

从埃克斯拍卖行到盒子上的蝴蝶，一幕幕画面浮现在我的眼前。卡姆去拜访乔瑟夫·埃克斯时，尽管他们没能打开盒子，他还是在那儿了解到虎皮地毯中有魔法。不过，他怎么知道该去埃克斯拍卖行寻找虎皮地毯呢？

“你认识偷猎者，”我大声惊呼，“你从偷猎者那里知道了虎皮地毯的下落。”

但很明显，卡姆不会告诉我们任何事情。他再次向前移动，老虎发出一声低沉的咆哮，它的眼睛盯着对手。卡姆握在鞭柄上的手微微颤抖。

他解开头巾，让黑发垂在肩上。在他做这些动作时，一种可怕的恐惧蔓延开来。我们妨碍了卡姆的计划，而他不喜欢有事情妨碍到他。在此之前，他从未失手过。他一直以来都想除掉教授，他会不遗余力地除掉教授，甚至采用下毒的招数。

我的心跳得很快，但我想让他知道他的计划是行不通的。话磕磕巴巴地从我的嘴里蹦出来。“梅农没有死，”我说，“你的计划失败了。老虎不会跟着你走的，你没法儿命令它。你现在必须停止你做的一切。”

卡姆朝我们大喊、咆哮，鞭子再一次重重地落下。这一次，老虎朝卡姆咆哮了回去。它前爪向前伸，后爪卷曲，向卡姆扑去。但卡姆快速地闪开了，他一鞭子抽在老虎的背上。老虎震怒地扭动着、咆哮着。

在卡姆和老虎绕圈而行时，珍妮拉着我们远离门卫室。卡姆仍试图迫使老虎退到后面的金属笼子里。老虎的耳朵绷紧了，高高竖起，它的下颌张开一条裂缝。卡姆收起长长的鞭子，将鞭子放低，靠近地面，鞭打着老虎的小腿。突然，老虎低沉而沙哑的咆哮变成高亢的怒吼。吼声响彻云霄，震撼人心。老虎边怒吼边向卡姆扑来，越过卡姆，从他背后将他撞倒在地。卡姆转过身来面对老虎，他试图再次用鞭子抽打它，但每次他向前抽打时，老虎都会一跃而起，出现在他身后或两侧。

珍妮拉着我们向后退，直到我们直直地撞向铁门，如果卡姆过来攻击我们，我们将陷入绝境。但老虎不会让这种事发生的。

老虎支起后腿，将身体拉长，把整个身体的重量向前压去，同时它张着血盆大口对着卡姆。卡姆把鞭子从一侧甩了过来，但这一次老虎用牙齿抓住鞭子柄，将鞭子从卡姆手中咬了下来。卡姆喘着粗气，身体僵直。没有武器的卡姆毫无抵抗之力。他无能为力，无处可逃。老虎慢慢趴在地上，全身毛发直立，它逼迫卡姆向后走，卡姆举起双臂表示投降，走进了自己放置的陷阱中。我们三个没有犹豫，跑去关上金属笼子的门，把卡姆锁在了里面。

老虎怒气冲冲地在笼子周围徘徊。它看起来充满野性，这种野性使迪利普都不敢靠近一步，更不用说拥抱它了。远处传来一声喊叫，老虎往后退，消失在门卫室后面的树林里。

从宫殿的远处走来几个人——管家和三个护林员。透过宫殿里的一扇窗户，我瞥见另一个人的身影，那是教授的父亲。他站在那儿，向我点点头，我想知道他都看到了多少。

❀ ❀ ❀

我们向护林员断断续续地诉说了卡姆的事情，加上管家力挺我们，坚持说我们的描述都是真实可信的，护林员逮捕了卡姆。我们目瞪口呆地看着护林员用手铐把卡姆铐起来带走了，他们把他带到宫殿的一个偏远的房间接受审问。管家带我们回到教授和他的父亲身边，我们也要接受审问。

教授躺在长椅上，裹着毯子喝着水。我们颠三倒四地把一切倾吐而出，关于蛇夹克、照片和蝴蝶盒子的事情。教授的父亲看起来筋疲力尽，早上玩猜谜游戏时侃侃而谈的兴致一扫而光。

“所以，卡姆知道那个偷猎者是谁，”他悲伤地说，“他还让他们逍遥法外。反偷猎工作中往往会有一个软肋，团队中出现了一个为赚钱不择手段的人。”

“这该死的骗——”珍妮刚一出声，随后就紧咬牙关，像是为了阻止自己对卡姆恶言相向。

“也许我没有让他有足够的安全感，没有让他意识到他永远都会在这个家里有一席之地。”老人绞着自己的双手说道。但是管家摇了摇头。

“不，不是这样。您一直都很慷慨。卡姆已经比绝大多数人都要富有了，但即使在他还是个孩子的时候，他也从未知足常乐，总是想要更多。”

“但他真的对梅农下毒了吗？”迪利普仍然想知道。我们朝着教授躺着的地方望去，他浑身大汗淋漓，止不住颤抖。就在这时，一名护林员敲门走了进来。

“卡姆一直在胡言乱语，”护林员说道，“不过他承认自己犯下了罪行。我认为我们应该第一时间把他带去警局。他一直咕哝着魔法、老虎，还有梅农教授寄来的会燃烧的信件……他看起来很困惑。我想他是受到了太大的惊吓。”

我们都震惊了。护林员的话里有太多我们需要时间来消化的信息。管家建议我们先用餐，今晚早些休息。在我们用餐之前，他离开宫殿去了门卫室，将老虎从藏身的森林里请了出来。

26

回家

第二天一早，护林员和卡姆一起离开了，我们聚集在宫殿前门。老虎蹲得很低，以便珍妮、迪利普和我可以爬到它的背上。教授的父亲走上前去，摸了摸老虎的鬃毛，用充满魔法的方式对它说话。

正如医生所说，教授在睡了一夜之后恢复了体力。当我们高高地坐在老虎背上时，他依次向我们每个人微笑示意。“谢谢你，迪利普，”他说，“谢谢你相信老虎。珍妮，谢谢你相信朋友。拉尔，”他拍了拍我的肩膀，“你是一个真正的领袖，谢谢你相信自己。”

我想说的每句话都堵在我的喉咙里。当我眨眼时，热泪顺着脸颊滚落，泪痕干后痒痒的。我用夹克袖子擦了擦眼泪。

“我们还能再见到你吗？”珍妮的脸颊也在发烫。

“怎么不能呢，”教授笑着说，“也许我可以给帕特尔夫妇写信，告诉他们我听说了他们的虎皮地毯，问他们我是否可以来看看……”

“噢，这是个好主意，就这样定了！”珍妮点点头，我们都同意了。教授拍了拍老虎的后腿，向后退了一步。

老虎正在做起飞前的准备动作，它轻轻地转动肩膀，摆动着前爪，弯曲双腿。我搂住迪利普的腰。老虎压下身子，然后弹跳升空。我的肚子在颤动，脑袋在嗡嗡作响，过了一会儿我才往下看。老虎在空中侧着身子，前爪向前。我们的下方是种有橙树的草坪，教授、他的父亲和老管家在那儿伸长脖子看着我们，朝我们挥手致意。

我们飞过翡翠绿的山峰和棕褐色的平原，来到波光粼粼的大海上。老虎带我们一路向西，与太阳背道而驰，和时间赛跑，朝黑夜前行。老虎变身成地毯，垫在我们下面，我们像第一次飞行时一样蜷缩在地毯中间，与汹涌的冷空气和疲惫作斗争。染上霞光的云彩很快就消失了，取而代之的是点缀天空的繁星。老虎身上弥漫着幽灵般的琥珀色光芒，虎皮地毯的边角在黑夜中擦出一丝火花。

我翻来覆去，环顾四周——实木地板，立式钢琴，绿色的墙壁。这是灰石之家。

老虎的皮毛平坦而粗糙。它似乎比以往任何时候都更没有生气。我坐在老虎破破烂烂的尾巴那端，把虎皮和衬布交缝处一根脱落的线头塞了回去。这可是死去老虎的皮毛。当我把迪利普和珍妮摇醒时，我的心怦怦直跳。迪利普伸了个懒腰，打了个哈欠，睡眼惺忪。

“我们回来了。”珍妮咬着嘴唇喃喃自语。我们都知道这意味着什么。在我们站起来后，迪利普慢慢地转过身，靠近老虎的脸。他低下头，我以为他可能会哭，但他并没有哭泣，而是对着老虎低声耳语。

这一次，当老虎恢复原形时，地毯还停留在地板上。这只大老虎的魂魄像全息投影一样摇摇晃晃地站立起来。迪利普将双手轻轻地放在老虎的脸颊上，抚摸着老虎的鼻子，最后迪利普放开老虎的脸，用双手遮住了自己的脸。珍妮紧紧地搂住老虎的脖子。

“我不会忘记你的。”她声音颤抖着说。

轮到我了。

我举起手。老虎把前额抵在我的手掌心，它的魔法——那如电流穿过一般神奇的感觉——刺痛了我。但我现在不想要它的魔力；我想要感受它皮毛的温暖，那种真实而完整的感觉。当我紧紧拥抱它时，我忍不住流下了眼泪。我们为什么要和彼此说再见呢？

玻璃门里吹来一阵风。老虎转头面向外面渐渐明亮的天色，那是清晨的微光。它抬起一只爪子，仅仅犹豫了一会儿就从地毯上走了下来。我们跟着它走出去，穿过草地，在秘密花园的入口处停下。老虎独自走到石头中间。这次，它不会带我们一起旅行了。

老虎缓慢地眨着眼睛。我终于听到了它的声音。“谢谢你们。”老虎说。然后它转过身，背对我们，用它的鼻子在空中打转。它没有回头，而是耸起肩膀，向上纵身一跃，消失在晨曦中。

我们沉默了一阵，我意识到我一直在屏住呼吸，还握住迪利普的一只手。珍妮握着迪利普的另一只手。我们就这样站着，花园里终于恢复了平静。我们还没有准备好面对老虎的离别，但老虎已经为这一刻等待了很长时间。

“拉尔？”妈妈的声音从阳台传来。她站在那里，紧紧裹着自己的桃红色毛绒睡衣。“拉尔、迪利普、珍妮？”迪利普和我飞奔着穿越草地，张开双臂搂住妈妈。发生了这么多事情，我太想念妈妈了。妈妈捏住我的下巴，对我微笑。“怎么啦？这么早你们在外面做什么呢？”

我们还等着她告诉我们，她对我们的离家出走感到多么愤怒和失望，她有多么忧心忡忡，结果她一点儿也不愤怒、失望和忧心。她表现得和没事人一样，匆匆回到室内，穿过壁炉。迪利普仍然紧紧缠着她，一起点燃了早晨的炉火。

妈妈只在周六才点燃炉火，而我们离开的时候是周五晚上。我们已经离开整整一周了？

“我想起来了，是时候去把水壶烧上了。”妈妈说。她瞥了一眼壁炉架的顶部，“哦，这老古董又坏了！”她伸手去拿挂钟，当她转动挂钟来固定钟摆时，我看到钟的指针停在十一点。十一点——那正是我们和老虎出发的时间！

时间确实自有安排。

“拉尔，现在实际时间是几点？”妈妈看了看我手腕上手表应该在的位置，现在那里空空如也。

“我……我的手表丢了。”我说。

“哦，拉尔，怎么丢的？丢在哪儿了？”妈妈问。看到我没有马上回答，她叹了口气。“没关系，我们之后再说。”在她离开客厅时，她转过头喊道：“珍妮，来家里吃午饭吧，把你奶奶一起带来吃饭！”

纳尼吉用采摘的鲜花装饰了餐厅，一簇簇的鲜花明亮而鲜艳。桌子上摆满了热腾腾的米饭、芳香的咖喱、小碗油炸辣椒和辛辣的羽衣甘蓝。斯特林先生来了，随后是珍妮和奶奶。吃饭时，说话声此起彼伏，笑语连连。爸爸想和我聊他的“印度人的祖先是谁以及他们都生活在哪儿”。妈妈向斯特林先生征求建议，而纳尼吉向没有寻求建议的斯特林先生滔滔不绝地说着她的建议。他说他很高兴来到这里，在威尔小姐身体不适后，她就再没有邀请任何人来这栋房子。

“她怎么了？”迪利普问道。

“阿尔茨海默病。”他摇摇头，“她听到、看到了一些奇怪的东西。有一次，她甚至幻想说灰石之家的天花板上挂着铃铛，里头住着一只活老虎呢！”

珍妮差点儿被她的薄煎饼噎住。

吃完饭后，妈妈把我们带到阳台，坚持要泡一杯“上好的苏格兰茶”来给我们提神。珍妮奶奶从我们的茶叶中读着我们的命运。午后的阳光很刺眼，尽管天空是深灰色的，但整个草坪被温暖的金色光芒照耀着。能回家真是太好了。

这里就是我们的家。老虎履行了对山上老人的诺言，也没有忘记对我们的诺言。当迪利普让老虎带我们回家时，我们都以为家是印度。但在印度的时候，我们一点儿都没有回家的感觉。家不是在排水沟里，不是在宫殿里。没有阿杰、没有我们的老房子、没有妈妈和爸爸，那就不是家。老虎一定知道，家不在一个专门的地方，或任何地方。

我回想着之前发生的一切。在滑铁卢站客服经理的眼里，我们不属于那里，因为我们看起来像是逃犯。在考文垂小巷的邮递员眼里，我们的家是一封贴了邮票的信可以寄到的固定地址。在安吉拉眼里，家是她从未踏足过的地方。在寄居于排水管的玛尼眼里，家是她的街头伙伴和那位善良的、收养流浪孩子的阿姨。

对我来说，家就是这里。家是妈妈温柔的笑容，是爸爸的侃大山，是纳尼吉的香薰纱丽和珍妮奶奶的煎饼。家是在傍晚的阳光下坐在阳台上，或是在阴雨绵绵的时候坐在灰石之家里。

老虎曾一度把我们带到了印度，但它最终带我们回到了家。

完结

致谢

非常感谢我的出版商和编辑安妮·格伦尼，感谢她的善良和奉献。感谢凯利·麦克唐纳对于本书的宣传。感谢把此书放在书架上的书商和图书管理员们（同时感谢将它从书架上取下来的读者们）。我非常感谢我的妹妹玛丽安·布朗，她给我提供了宝贵的建议，为本书绘制了精美的插图。感谢达伦·盖特，他为我提供了技术帮助，以及坦尼·吉尔，她检查了本书中的印地语。我很幸运得到了以下人员与机构的支持与帮助：梅尔文·伯吉斯、“克雷纳坎家族”、特里西亚·兰卡斯特、琼·列侬、2015 级莫尼克摩尔创意写作班，以及我的写作伙伴和编辑朋友米兰达·摩尔。

在这本书的创作过程中，我（以各种方式）受惠于我的朋友和家人，特别感谢布朗、詹姆斯、摩尔和施莫尔家族、金·克罗斯比、艾琳阿姨、桑德拉阿姨和吉姆叔叔、我了不起的父母、姐妹以及我的猫猫们。当然，还要感谢劳伦斯、安德鲁和阿德里安。谢谢你们一直以来对我的信任。

在野生猫科动物中，老虎（亚洲大陆虎）是体形最为庞大的。在过去的一个世纪，人们砍伐森林、破坏野生栖息地、狩猎和偷猎野生动物，导致现在生活在野外的老虎仅剩不到四千只。

我要感谢那些致力于拯救老虎及它们赖以生存的生态系统的人，因为当老虎和其他物种濒临灭绝时，即使再多的魔法也无法让它们复活。